花边文学 伪自由书

鲁迅 著

当代世界出版社

图书在版编目（CIP）数据

花边文学　伪自由书 / 鲁迅著 . —北京：当代世界出版社，2015.1
ISBN 978 - 7 - 5090 - 1016 - 7

Ⅰ . ①花… Ⅱ . ①鲁… Ⅲ . ①鲁迅杂文一杂文集 Ⅳ . ①I210.4

中国版本图书馆 CIP 数据核字（2014）第 309109 号

书　　名：花边文学　伪自由书
出版发行：当代世界出版社
地　　址：北京市复兴路 4 号（100860）
网　　址：http：//www. worldpress. com. cn
编务电话：(010) 83908456
发行电话：(010) 83908409
　　　　　(010) 83908377
　　　　　(010) 83908455
　　　　　(010) 83908423（邮购）
　　　　　(010) 83908410（传真）
经　　销：全国新华书店
印　　刷：北京市玖仁伟业印刷有限公司
开　　本：880 毫米×1230 毫米　1/32
印　　张：9.5
字　　数：185 千字
版　　次：2015 年 3 月第 1 版
印　　次：2015 年 3 月第 1 次
书　　号：978 - 7 - 5090 - 1016 - 7
定　　价：39.00 元

出版总序

  民国时期是中国从近代社会向现代社会转型蜕变的一个重要历史阶段。这个时期，政治风云变幻，思想文化激荡，内忧外患迭起。国家政治、经济、文化等均发生了翻天覆地的变化。新与旧、中与西、自由与专制、激进与保守、发展与停滞、侵略与反侵略，各种社会潮流在此期间汇聚碰撞，形成了变化万千的特殊历史景观。民国时期所出版的文献则是这一历史时期的全景式纪录，全面展现了民国时期波澜壮阔的历史画卷；精彩呈现了风云变幻的历史格局；生动描绘了西学东渐，学术思想百家争鸣的繁荣局面；真实叙述了中华民族抵御外族入侵，走向民族独立的斗争历程。因此，民国文献具有极其珍贵的历史文物性、学术资料性及艺术代表性。

  民国时期是我国近代出版业萌芽和飞速发展的一个时期，规模层次各不相同的出版机构鳞次栉比，难以胜数。既有商务印书馆、中华书局、开明书店、世界书局、大东书局等这样著名的出版机构，亦有在出版史上昙花一现、出版物硕果仅存的小书局。对于民国时期出版物的总量，目前还没有非常精确的统计。国家图书馆在 20 世纪 90 年代，联合上海图书馆、重庆图书馆，以三馆馆藏为基础整理出版了《民国时期总书目》，收录中文图书 124040 种。据有关学者调查统计，这一数量大约为民国时期图书总出版量的九成。如果从学科内容区分，人文社会科学方面的出版物在数量上占绝对优势。

国家图书馆是国内外重要的民国文献收藏机构，馆藏宏富，并且作为国内图书馆界的领头羊，一向重视民国文献的保存保护。由于民国文献所用纸张极易酸化、老化，绝大多数已存在不同程度的损毁，难堪翻阅。为保存保护民国文献，不使我们传承出现文献上的断层，也为更多读者能够从不同角度阅读利用到民国文献，2011 年，国家图书馆联合国内文献收藏单位，策划了"民国时期文献保护计划"项目。随着项目的展开，国家图书馆在文献普查、海外文献征集、整理出版等各方面工作逐步取得了重要成果。

典藏阅览部作为国家图书馆内肩负民国文献典藏管理职责的部门，近年来在多个层面加大了对于民国文献的保存保护力度，组建了专门的团队，对民国文献进行保护性的整理开发，先后出版了《民国时期连环图画总目》《国家图书馆藏民国时期毛边书举要》《民国时期著名图书馆馆刊荟萃》等。

然而，民国时期出版物种类繁多，内容丰富。就国家图书

馆馆藏而言，从早期的中译本《共产党宣言》到我国的第一本
毛边本《域外小说集》，从大批的政府公报到名家译作，涵盖
之广，其所具备的艺术价值、史料价值，亦足令人惊叹。相较
之下，我们的整理工作方才起步。为不使这些闪烁着大家智识
之光的思想结晶空自蒙尘，为使更广大的读者能够从中汲取
养料，我们会陆续择其精者，将其重新排印出版，希望读者能
够喜欢。

国家图书馆

2014 年 9 月

鲁迅先生名·号·笔名一览表

幼　　名： 阿张　长庚　周樟寿　豫山

学　　名： 周树人

**　　号：** 豫才

家庭称呼： 大先生　老大

笔　　名：

鲁迅	周运	巴人	令飞	迅行	唐俟	索士
神飞	风声	自树	阿二	华围	佩苇	白舌
明瑟	褚冠	洛文	许遐	何干	游光	苇索
旅隼	孺午	越客	桃椎	丁萌	虞明	荀继
史癖	尤刚	灵符	余铭	元艮	罗抚	子明
翁隼	孟弧	崇巽	黄棘	白道	曼云	蔓文
公汗	常庚	莫朕	史贲	朔尔	焉于	越侨
张沛	仲度	苗挺	及锋	阿法	茹纯	晓角
某生者	隼它音	宴宴敖	隋洛文	何家干
干家干	丰之余	白在宣	敬一尊	张禄如
张承禄	赵令仪	倪朔尔	栾廷石	邓当世
宓子章	韦士繇	黄凯音	康伯度	L·S　千

目 录

花边文学

序 言

    我的常常写些短评，确是从投稿于《申报》的《自由谈》上开头的；集一九三二年之所作，就有了《伪自由书》和《准风月谈》两本。后来编辑者黎烈文先生真被挤轧得苦，到第二年，终于被挤出了，我本也可以就此搁笔，但为了赌气，却还是改些做法，换些笔名，托人抄写了去投稿，新任者不能细辨，依然常常登了出来。一面又扩大了范围，给《中华日报》的副刊《动向》，小品文半月刊《太白》之类，也间或写几篇同样的文字。聚起一九三三年所写的这些东西来，就是这一本《花边文学》。

    这一个名称，是和我在同一营垒里的青年战友，换掉姓名挂在暗箭上射给我的。那立意非常巧妙：一、因为这类短评，在报上登出来的时候往往围绕一圈花边以示重要，使我的战友看得头疼；二、因为"花边"也是银元的别名，以见我的这些文章是为了稿费，其实并无足取。至于我们的意见不同之处，是我以为我们无须希望外国人待我们比鸡鸭优，他却以为应该待我们比鸡鸭优，我在替西洋人辩护，所以是"买办"。那文章就附在《倒提》之下，这里不必多说。此外，倒也并无什么可记之事。只为了一篇《玩笑只当他玩笑》，又曾引出过一封文公直先生的来信，笔伐得更严重了，说我是"汉奸"，现在和我的复信都附在本文的下面。其余的一些鬼鬼祟祟、躲躲闪闪的攻击，离上举的两位还差得很远，这里都不转载了。

"花边文章"可以真不行。一九三三年不同一九三五年，今年是为了《闲话皇帝》事件，官家的书报检查处忽然不知所往，还革掉七位检查官，日报上被删之处，也好像可以留着空白（术语谓之"开天窗"）了。但那时可真厉害，这么说不可以，那么说又不成功，而且删掉的地方，还不许留下空隙，要接起来，使作者自己来负吞吞吐吐、不知所云的责任。在这种明诛暗杀之下，能够苟延残喘，和读者相见的，那么，非奴隶文章是什么呢？

我曾经和几个朋友闲谈。一个朋友说：现在的文章，是不会有骨气的了，譬如向一种日报上的副刊去投稿罢，副刊编辑先抽去几根骨头，总编辑又抽去几根骨头，检查官又抽去几根骨头，剩下来还有什么呢？我说：我是自己先抽去了几根骨头的，否则，连"剩下来"的也不剩。所以，那时发表出来的文字，有被抽四次的可能，——现在有些人不在拼命表彰文天祥、方孝孺么，幸而他们是宋明人，如果活在现在，他们的言行是谁也无从知道的。

　　因此除了官准的有骨气的文章之外，读者也只能看看没有骨气的文章。我生于清朝，原是奴隶出身，不同二十五岁以内的青年，一生下来就是中华民国的主子，然而他们不经世故，偶尔"忘其所以"也就大碰其钉子。我的投稿，目的是在发表的，当然不给它见得有骨气，所以被"花边"所装饰者，大约也确比青年作家的作品多，而且奇怪，被删掉的地方倒很少。一年之中，只有三篇，现在补全，仍用黑点为记。我看《论秦理斋夫人事》的末尾，是申报馆的总编辑删的，别的两篇，却是检查官删的：这里都显着他们不同的心思。

　　今年一年中，我所投稿的《自由谈》和《动向》，都停刊了；《太白》也不出了。我曾经想过：凡是我寄文稿的，只寄开初的一两期还不妨，假使连接不断，它就总归活不久。于是从今年起，我就不大做这样的短文，因为对于同人，是回避他背后的闷棍。对于自己，是不愿做开路的呆子，对于刊物，是希望它尽可能地长生。所以有人要我投稿，我特别敷延推宕，非"摆架子"也，是带些好意——然而有时也是恶意——的"世故"：这是要请索稿者原谅的。

　　一直到了今年下半年，这才看见了新闻记者的"保护正当舆论"的论愿和知识阶级的言论自由的要求。要过年了，我不知道结果怎么样。然而，即使从此文章都成了民众的喉舌，那代价也可谓大极了：是北五省的自治。这恰如先前不敢恳请"保护正当舆论"和要求言论自由的代价之大一样：是东三省的沦亡。不过这一次，换来的东西是光明的。然而，倘使万一不幸，后来又复换回了我做"花边文学"一样的时代，大家试来猜一猜那代价该是什么罢……

一九三五年十二月二十九之夜，鲁迅记

未来的光荣

张承禄

　　现在几乎每年总有外国的文学家到中国来，一到中国，总惹出一点小乱子。前有萧伯纳，后有德哥派拉；只有伐扬古久列，大家不愿提，或者不能提。

　　德哥派拉不谈政治，本以为可以跳在是非圈外的了，不料因为恭维了食与色，又挣得"外国文氓"的恶谥，让我们的论客，在这里议论纷纷。他大约就要做小说去了。

　　鼻子生得平而小，没有欧洲人那么高峻，那是没有法子的，然而倘使我们身边有几角钱，却一样可以看电影。侦探片子演厌了，爱情片子烂熟了，战争片子看腻了，滑稽片子无聊了，于是乎有《人猿泰山》，有《兽林怪人》，有《斐洲探险》等等，要野兽和野蛮登场。然而在蛮地中，也还一定要穿插一点蛮婆子的蛮曲线。如果我们也还爱看，那就可见无论怎样奚落，也还是有些恋恋不舍的了，"性"之于市侩，是很要紧的。

　　文学在西欧，其碰壁和电影也并不两样；有些所谓文学家也者，也得找寻些奇特的（grotesque）、色情的（erotic）东西，去给他们的主顾满足，因此就有探险式的旅行，目的倒并不在地主的打拱或请酒。然而倘遇呆问，则以笑话了之，他其实也知道不了这些，他也不必知道，德哥派拉不过是这些人们中的一人。

但中国人，在这类文学家的作品里，是要和各种所谓"土人"一同登场的，只要看报上所载的德哥派拉先生的路由单就知道——中国、南洋、南美、英、德之类太平常了。我们要觉悟着被描写，还要觉悟着被描写的光荣还要多起来，还要觉悟着将来会有人以有这样的事为有趣。

女人未必多说谎

赵令仪

侍桁先生在《谈说谎》里，以为说谎的原因之一是由于弱，那举证的事实，是："因此为什么女人讲谎话要比男人来得多。"

那并不一定是谎话，可是也不一定是事实。我们确也常常从男人们的嘴里听说是女人讲谎话要比男人多，不过却也并无实证，也没有统计。叔本华先生痛骂女人，他死后，从他的书籍里发见了医梅毒的药方；还有一位奥国的青年学者，我忘记了他的姓氏，做了一大本书，说女人和谎话是分不开的，然而他后来自杀了。我恐怕他自己正有神经病。

我想，与其说"女人讲谎话要比男人来得多"，不如说"女人被人指为'讲谎话要比男人来得多'的时候来得多"，但是，数目字的统计自然也没有。

譬如罢，关于杨妃、禄山之乱以后的文人就都撒着大谎，玄宗逍遥事外，倒说是许多坏事情都由她，敢说"不闻夏殷衰，中自诛褒妲"的有几个。就是妲己、褒姒，也还不是一样的事？女人的替自己和男人伏罪，真是太长远了。

今年是"妇女国货年"，振兴国货，也从妇女始。不久，是就要挨骂的，因为国货也未必因此有起色，然而一提倡，一责骂，男人们的责任也尽了。

记得某男士有为某女士鸣不平的诗道："君王城上竖降旗，妾在深宫那得知。十四万人齐解甲，更无一个是男儿！"快哉快哉！

批评家的批评家

倪朔尔

　　情势也转变得真快，去年以前，是批评家和非批评家都批评文学，自然，不满的居多，但说好的也有。去年以来，却变了文学家和非文学家都翻了一个身，转过来来批评批评家了。

　　这一回可是不大有人说好，最彻底的是不承认近来有真的批评家。即使承认，也大大地笑他们糊涂。为什么呢？因为他们往往用一个一定的圈子向作品上面套，合就好，不合就坏。

　　但是，我们曾经在文艺批评史上见过没有一定圈子的批评家吗？都有的，或者是美的圈，或者是真实的圈，或者是前进的圈。没有一定的圈子的批评家，那才是怪汉子呢。办杂志可以号称没有一定的圈子，而其实这正是圈子，是便于遮眼的变戏法的手巾。譬如一个编辑者是唯美主义者罢，他尽可以自说并无定见，单在书籍评论上，就足够玩把戏。倘是一种所谓"为艺术的艺术"的作品，合于自己的私意的，他就选登一篇赞成这种主义的批评，或读后感，捧着它上天；要不然，就用一篇假急进的好像非常革命的批评家的文章，捺它到地里去。

读者这就被迷了眼。但在个人，如果还有一点记性，却不能这么两端的，他须有一定的圈子。我们不能责备他有圈子，我们只能批评他这圈子对不对。

然而批评家的批评家会引出张献忠考秀才的古典来：先在两柱之间横系一条绳子，叫应考的走过去，太高的杀，太矮的也杀：于是杀光了蜀中的英才。这么一比，有定见的批评的即等于张献忠：真可以使读者发生满心的憎恨。但是，评文的圈，就是量人的绳吗？论文的合不合，就是量人的长短吗？引出这例子来的，是诬陷，更不是什么批评。

漫 骂

倪朔尔

　　还有一种不满于批评家的批评，是说所谓批评家好"漫骂"，所以他的文字并不是批评。

　　这"漫骂"，有人写作"嫚骂"，也有人写作"谩骂"，我不知道是否是一样的函义。但这姑且不管它也好。现在要问的是怎样的是"漫骂"。

　　假如指着一个人，说道：这是婊子！如果她是良家，那就是漫骂，倘使她实在是做卖笑生涯的，就并不是漫骂，倒是说了真实。诗人没有捐班，富翁只会计较，因为事实是这样的，所以这是真话，即使称为漫骂，诗人也还是捐不来，这是幻想碰在现实上的小钉子。

　　有钱不能就有文才，比"儿女成行"并不一定明白儿童的性质更明白。"儿女成行"只能证明他俩口子的善于生，还会养，却并无妄谈儿童的权利。要谈，只不过不识羞。这好像是漫骂，然而并不是。倘说是的，就得承认世界上的儿童心理学家，都是最会生孩子的父母。

　　说儿童为了一点食物就会打起来，是冤枉儿童的，其实是漫骂。儿童的行为，出于天性，也因环境而改变，所以孔融会让梨。打起来的，是家庭的影响，便是成人，不也有争家私，夺遗产的吗？孩子学了样了。

　　漫骂固然冤屈了许多好人，但含含糊糊地扑灭"漫骂"，却包庇了一切坏种。

"京派"与"海派"

栾廷石

自从北平某先生在某报上有扬"京派"而抑"海派"之言,颇引起了一番议论。最先是上海某先生在某杂志上的不平,且引别一某先生的陈言,以为作者的籍贯,与作品并无关系,要给北平某先生一个打击。

其实,这是不足以服北平某先生之心的。所谓"京派"与"海派",本不指作者的本籍而言,所指的乃是一群人所聚的地域,故"京派"非皆北平人,"海派"亦非皆上海人,梅兰芳博士,戏中之真正京派也,而其本贯,则为吴下。但是,籍贯之都鄙,固不能定本人之功罪,居处的文陋,却也影响于作家的神情,孟子曰:"居移气,养移体",此之谓也。北京是明清的帝都,上海乃各国之租界,帝都多官,租界多商,所以文人之在京者近官,没海者近商,近官者在使官得名,近商者在使商获利,而自己也赖以糊口,要而言之,不过"京派"是官的帮闲,"海派"则是商的帮忙而已。但从官得食者其情状隐,对外尚能傲然,从商得食者其情状显,到处难于掩饰,于是忘其所以者，遂据以有清浊之分。而官之鄙商，固亦中国旧习，就更使"海派"在"京派"的眼中跌落了。

而北京学界，前此固亦有其光荣，这就是五四运动的策动。现在虽然还有历史上的光辉。但当时的战士，却"功成，名遂，身退"者有之，"身稳"者有之，"身升"者更有之，好好的一场恶斗，几乎令人有"若要官，杀人放火受招安"之感。"昔人已乘黄鹤去，此地空余黄鹤楼"，前年大难临头，北平的学者们所想援以掩护自己的是古文化，而唯一大事，则是古物的南迁，这不是自己彻底地说明了北平所有的是什么了吗？

但北平究竟还有古物，且有古书，且有古都的人民。在北平的学者文人们，又大抵有着讲师或教授的本业，论理，研究或创作的环境，实在是比"海派"来得优越的，我希望着能够看见学术上，或文艺上的大著作。

北人与南人

栾廷石

这是看了"京派"与"海派"的议论之后，牵连想到的——

北人的卑视南人，已经是一种传统。这也并非因为风俗习惯的不同，我想，那大原因，是在历来的侵入者多从北方来，先征服中国之北部，又携了北人南征，所以南人在北人的眼中，也是被征服者。

二陆入晋，北方人士在欢欣之中，分明带着轻薄，举证太烦，姑且不谈罢。容易看的是，羊衒之的《洛阳伽蓝记》中，就常诋南人，并不视为同类。至于元，则人民截然分为四等，一蒙古人，二色目人，三汉人即北人，第四等才是南人，因为他是最后投降的一伙。最后投降，从这边说，是矢尽援绝，这才罢战的南方之强，从那边说，却是不识顺逆，久梗王师的贼。孑遗自然还是投降的，然而为奴隶的资格因此就最浅，因为浅，所以班次就最下，谁都不妨加以卑视了。到清朝，又重理了这一篇账，至今还流衍着余波；如果此后的历史是不再回旋的，那真不独是南人的如天之福。

当然，南人是有缺点的。权贵南迁，就带了腐败颓废的风气来，北方倒反而干净。性情也不同，有缺点，也有特长，正如北人的兼具二者一样。据我所见，北人的优点是厚重，南人的优点是机灵。但厚重之弊也愚，机灵之弊也狡，所以某先生曾经指出缺点道：北方人是"饱食终日，无所用心"；南方人是"群居终日，言不及义"。就有闲阶级而言，我以为大体是的确的。

缺点可以改正，优点可以相师。相书上有一条说，北人南相，南人北相者贵。我看这并不是妄语。北人南相者，是厚重而又机灵，南人北相者，不消说是机灵而又能厚重。昔人之所谓"贵"，不过是当时的成功，在现在，那就是做成有益的事业了。这是中国人的一种小小的自新之路。

不过做文章的是南人多，北方却受了影响。北京的报纸上，油嘴滑舌，吞吞吐吐，顾影自怜的文字不是比六七年前多了吗？这倘和北方固有的"贫嘴"一结婚，产生出来的一定是一种不祥的新劣种！

《如此广州》读后感

越 客

　　前几天，《自由谈》上有一篇《如此广州》，引据那边的报章，记店家做起玄坛和李逵的大像来，眼睛里嵌上电灯，以镇压对面的老虎招牌，真写得有声有色。自然，那目的，是在对于广州人的迷信，加以讥刺的。

　　广东人的迷信似乎确也很不小，走过上海五方杂处的弄堂，只要看毕毕剥剥在那里放鞭炮的，大门外的地上点着香烛的，十之九总是广东人，这很可以使新党叹气。然而广东人的迷信却迷信得认真，有魄力，即如那玄坛和李逵大像，恐怕就非百来块钱不办。汉求明珠，吴征大象，中原人历来总到广东去刮宝贝，好像到现在也还没有被刮穷，为了对付假老虎，也能出这许多力。要不然，那就是拼命，这却又可见那迷信之认真。

　　其实，中国人谁没有迷信，只是那迷信迷得没出息了，所以别人倒不注意。譬如罢，对面有了老虎招牌，大抵的店家，是总要不舒服的。不过，倘在江浙，恐怕就不肯这样的出死力来斗争，他们会只花一个铜元买一条红纸，写上"姜太公在此百无禁忌"或"泰山石敢当"，悄悄地贴起来，就如此地安身立命。迷信还是迷信，但迷得多少小家子相，毫无生气，奄奄一息，他连做《自由谈》的材料也不给你。

与其迷信、模糊不如认真。倘若相信鬼还要用钱，我赞成北宋人似的索性将铜钱埋到地里去，现在那么地烧几个纸锭，却已经不但是骗别人、骗自己，而且简直是骗鬼了。中国有许多事情都只剩下一个空名和假样，就为了不认真的缘故。

广州人的迷信，是不足为法的，但那认真，是可以取法，值得佩服的。

过　年

张承禄

今年上海的过旧年，比去年热闹。

文字上和口头上的称呼，往往有些不同：或者谓之"废历"，轻之也；或者谓之"古历"，爱之也。但对于这"历"的待遇是一样的：结账、祀神、祭祖、放鞭炮、打马将、拜年、"恭喜发财"！

虽过年而不停刊的报章上，也已经有了感慨；但是，感慨而已，到底胜不过事实。有些英雄的作家，也曾经叫人终年奋发、悲愤、纪念。但是，叫而已矣，到底也胜不过事实。中国的可哀的纪念太多了，这照例至少应该沉默；可喜的纪念也不算少，然而又怕有"反动分子乘机捣乱"，所以大家的高兴也不能发扬。几经防遏，几经淘汰，什么佳节都被绞死，于是就觉得只有这仅存残喘的"废历"或"古历"还是自家的东西，更加可爱了。那就格外地庆贺——这是不能以"封建的余意"一句话，轻轻了事的。

叫人整年地悲愤、劳作的英雄们，一定是自己毫不知道悲愤、劳作的人物。在实际上,悲愤者和劳作者,是时时需要休息和高兴的,古埃及的奴隶们,有时也会冷然一笑。这是蔑视一切的笑。不懂得这笑的意义者,只有主子和自安于奴才生活,而劳作较少,并且失了悲愤的奴才。

我不过旧历年已经二十三年了,这回却连放了三夜的花爆,使隔壁的外国人也"嘘"了起来。这却和花爆都成了我一年中仅有的高兴。

运 命

倪朔尔

电影《姊妹花》中的穷老太婆对她的穷女儿说："穷人终是穷人，你要忍耐些！"宗汉先生慨然指出，名之曰"穷人哲学"（见《大晚报》）。

自然，这是教人安贫的，那根据是"运命"。古今圣贤的主张此说者已经不在少数了，但是不安贫的穷人也"终是"很不少。"智者千虑，必有一失"，这里的"失"，是在非到盖棺之后，一个人的运命"终是"不可知。

预言运命者也未尝没有人，看相的，排八字的，到处都是。然而他们对于主顾，肯断定他穷到底的是很少的，即使有，大家的学说又不能相一致，甲说当穷，乙却说当富，这就使穷人不能确信他将来的一定的运命。

不信运命，就不能"安分"，穷人买奖券，便是一种"非分之想"。但这于国家，现在是不能说没有益处的。不过"有一利必有一弊"运命既然不可知，穷人又何妨想做皇帝，这就使中国出现了《推背图》。据宋人说，五代时候，许多人都看了这图给自己的儿子取名字，希望应着将来的吉兆，直到宋太宗抽乱了一百本，与别本一同流通，读者见次序多不相同，莫衷一是，这才不再珍藏了。然而九一八那时，上海却还大卖着《推背图》的新印本。

"安贫"诚然是天下太平的要道，但倘使无法指定究竟的运命，总不能令人死心塌地。现在的优学生，本可以说是科学的了，中国也正有人提倡着，冀以济运命说之穷，而历史又偏偏不争气，汉高祖的父亲并非皇帝，李白的儿子也不是诗人；还有立志传，絮絮叨叨地在对人讲西洋的谁以冒险成功，谁又以空手致富。

运命说之毫不足以治国平天下，是有明明白白的履历的。倘若还要用它来做工具，那中国的运命可真要"穷"极无聊了。

大小骗

邓当世

　　"文檀"上的丑事，这两年来真也揭发得不少了：剪贴、瞎抄、贩卖、假冒。不过不可究诘的事情还有，只因为我们看惯了，不再留心它。

　　名人的题签，虽然字不见得一定写得好，但只在表示这书的作者或出版者认识名人，和内容并无关系，是算不得骗人的，可疑的是"校阅"。校阅的角色，自然是名人、学者、教授。然而这些先生们自己却并无关于这一门学问的著作。所以真的校阅了没有是一个问题；即使真的校阅了，那校阅是否真的可靠又是一个问题。但再加校阅，给以批评的文章，我们却很少见。

　　还有一种是"编辑"。这编辑者，也大抵是名人，因这名，就使读者觉得那书的可靠。但这是也很可疑的。如果那书上有些序跋，我们还可以由那文章、思想，断定它是否真是这人所编辑，但市上所陈列的书，常有翻开便是目录，叫你一点也摸不着头脑的。这怎么靠得住？至于大部的各门类的刊物的所谓

"主编"，那是这位名人竟上至天空，下至地底，无不通晓了，"无为而无不为"，倒使我们无须再加以揣测。

还有一种是"特约撰稿"。刊物初出，广告上往往开列一大批特约撰稿的名人，有时还用凸版印出作者亲笔的签名，以显示其真实。这并不可疑。然而过了一年半载，可就渐有破绽了，许多所谓特约撰槁者的东西一个字也不见。是并没有约，还是约而不来呢，我们无从知道；但可见那些所谓亲笔签名，也许是从别处剪来，或者简直是假造的了。要是从投稿上取下来的，为什么见签名却不见稿呢？

这些名人在卖着他们的"名"，不知道可是领着"干薪"的？倘使领的，自然是同意的自卖，否则，可以说是被"盗卖"。"欺世盗名"者有之，盗卖名以欺世者有之，世事也真是五花八门。然而受损失的却只有读者。

"小童挡驾"

宓子章

　　近五六年来的外国电影，先是给我们看了一通洋侠客的勇敢，于是而野蛮人的陋劣，又于是而洋小姐的曲线美。但是，眼界是要大起来的，终于几条腿不够了，于是一大丛；又不够了，于是赤条条。这就是"裸体运动大写真"，虽然是正正堂堂的"人体美与健康美的表现"，然而又是"小童挡驾"的，他们不配看这些"美"。

　　为什么呢？宣传上有这样的文字——

　　"一个极顶聪明的孩子说：她们怎不回过身子儿来呢？"

　　"一位十足严正的爸爸说：怪不得戏院对孩子们要挡驾了！"

　　这当然只是文学家虚拟的妙文，因为这影片是一开始就标榜着"小童挡驾"的，他们无从看见。但假使真给他们去看了，他们就会这样的质问吗？我想，也许会的。然而这质问的意思，恐怕和张生唱的"哈，怎不回过脸儿来"完全两样，其实倒在电影中人的态度的不自然，使他觉得奇怪。中国的儿童也许比较的早熟，也许性感比较的敏，但总不至于比成年的他的"爹爹"，心地更不干净的。倘其如此，二十年后的中国社会，那可真真可怕了。但事实上大概决不至于此，所以那答话还不如改一下：

"因为要使我过不了瘾，可恶极了！"

不过肯这样说的"爸爸"恐怕也未必有。他总要"以己之心，度人之心"，度了之后，便将这心硬塞在别人的腔子里，装作不是自己的，而说别人的心没有他的干净。裸体女人的都"不回过身子儿来"，其实是专为对付这一类人物的。她们难道是白痴，连"爸爸"的眼色，比他孩子的更不规矩都不知道吗？

但是，中国社会还是"爸爸"类的社会，所以做起戏来，是"妈妈"类献身，"儿子"类受谤。即使到了紧要关头，也还是什么"木兰从军""汪踦卫国"，要推出"女子与小人"去搪塞。"吾国民其何以善其后欤？"

古人并不纯厚

翁　隼

　　老辈往往说：古人比今人纯厚、心好、寿长。我先前也有些相信，现在这信仰可是动摇了。达赖喇嘛总该比平常人心好，虽然"不幸短命死矣"，但广州开的耆英会，却明明收集过一大批寿翁寿媪，活了一百零六岁的老太太还能穿针，有照片为证。

　　古今的心的好坏，较为难以比较，只好求教于诗文。古之诗人，是有名的"温柔敦厚"的，而有的竟说："时日曷丧，予及汝偕亡！"你看够多么恶毒？更奇怪的是孔子"校阅"之后，竟没有删，还说什么"诗三百，一言以蔽之，曰：思无邪"哩，好像圣人也并不以为可恶。

　　还有现存的最通行的《文选》，听说如果青年作家要丰富语汇，或描写建筑，是总得看它的，但我们倘一调查里面的作家，却至少有一半不得好死，当然，就因心为不好，经昭明太子一挑选，固然好像变成语汇祖师了，但在那时，恐怕还有个人的主张，偏激的文字。否则，这人是不传的，试翻唐以前的史上的文苑传，大抵是禀承意旨，草檄作颂的人，然而那些作者的文章，流传至今者偏偏少得很。

由此看来，翻印整部的古书，也就不无危险了。近来偶尔看见一知石印的《平斋文集》作者，宋人也，不可谓之不古，但其诗就不可为训。如咏《狐鼠》云：“狐鼠擅一窟，虎蛇行九达，不论天有眼，但管地无皮……”又咏《荆公》云：“养就祸胎身始去，依然钟阜向人青。”那指斥当路的口气，就为今人所看不惯。“八大家”中的欧阳修，是不能算作偏激的文学家的罢，然而那《读李翱文》中却有云：“呜呼，在位而不肯自忧，又禁它人使皆不得忧，可叹也夫！”也就悻悻得很。

但是，经后人一番选择，却就纯厚起来了。后人能使古人纯厚，则比古人更为纯厚也可见。清朝曾有钦定的《唐宋文醇》和《唐宋诗醇》，便是由皇帝将古人做得纯厚的好标本，不久也许会有人翻印，以“挽狂澜于既倒”的。

法会和歌剧

孟 弧

《时轮金刚法会募捐缘起》中有这样的句子："古人一遇灾祲。上者罪己，下者修身……今则人心浸以衰矣，非仗佛力之加被，末由消除此浩劫。"恐怕现在也还有人记得的罢。这真说得令人觉得自己和别人都半文不值，治水除蝗，完全无益，倘要"或消自业，或淡他灾"，只好请班禅大师来求佛菩萨保佑了。

坚信的人们一定是有的，要不然，怎么能募集一笔巨款。

然而究竟好像是"人心浸以衰矣"了，中央社十七日杭州电云："时轮金刚法会将于本月二十八日在杭州启建，并决定邀梅兰芳、徐来、胡蝶，在会期内表演歌剧五天。"梵呗圆音，竟将为轻歌曼舞所"加被"，岂不出于意表也哉！

盖闻昔者我佛说法，曾有天女散花，现在杭州启会，我佛大概未必亲临，则恭请梅郎权扮天女，自然尚无不可。但与摩登女郎们又有什么关系呢？莫非电影明星与标准美人唱起歌来，也可以"消除此浩劫"的么？

大约，人心快要"浸衰"之前，拜佛的人就已经喜欢兼看玩艺的了，款项有限，法会不大的时候，和尚们便自己来飞钹、唱歌，给善男子、善女人们满足，但也很使道学先生们摇头。班禅大师只"印可"开会而不唱《毛毛雨》，原是很合佛旨的，可不料同时也唱起歌剧来了。

原人和现代人的心，也许很有些不同，倘相去不过几百年，那恐怕即使有些差异。也微乎其微的，赛会做戏文，香市看娇娇，正是"古已有之"的把戏，既积无量之福，又极视听之娱，现在未来，都有好处，这是向来兴行佛事的号召的力量，否则，黄胖和尚念经，参加者就未必踊跃，浩劫一定没有消除的希望了。

但这种安排，虽然出于婆心，却仍是"人心浸以衰矣"的征候。这能够令人怀疑：我们自己是不配"消除此浩劫"的了，但此后该靠班禅大师呢，还是梅兰芳博士，或是密斯徐来，密斯胡蝶呢？

洋服的没落

韦士繇

几十年来，我们常常恨着自己没有合意的衣服穿。清朝末年，带些革命色彩的英雄不但恨辫子，也恨马褂和袍子，因为这是满洲服，一位老先生到日本去游历，看见那边的服装，高兴得了不得，做了一篇文章登在杂志上，叫作《不图今日重见汉官仪》。他是赞成恢复古装的。

然而革命之后，采用的却是洋装，这是因为大家要维新，要便捷，要腰骨笔挺。少年英俊之徒，不但自己必洋装，还厌恶别人穿袍子。那时听说竟有人去责问樊山老人，问他为什么要穿满洲的衣裳。樊山回问道："你穿的是哪里的服饰呢？"少年答道："我穿的是外国服"。樊山道："我穿的也是外国服。"

这故事颇为传诵一时，给袍褂党扬眉吐气。不过其中是带一点反对革命的意味的，和近日的因为卫生，因为经济的大两样。后来，洋服终于和华人渐渐地反目了，不但袁世凯朝，就定袍子马褂为常礼服，五四运动之后，北京大学要整饬校风，规定制服了，请学生们公议，那议决的也是：袍子和马褂！

这回的不取洋服的原因却正如林语堂先生所说，因其不合于卫生。造化赋给我们的腰和脖子，本是可以弯曲的，弯腰曲背，在中国是一种常态，逆来尚须顺受，顺来自然更当顺受了。所以我们是最能研究人体，顺其自然而用之的人民，脖子最细，发明了砍头；膝关节能弯，发明了下跪；臀部多肉，又不致命，就发明了打屁股，违反自然的洋服，于是便渐渐地自然地没落了。

这洋服的遗迹，现在已只残留在摩登男女的身上，恰如辫子小脚，不过偶然还见于顽固男女的身上一般。不料竟又来了一道催命符，是镪水悄悄从背后洒过来了。

这怎么办呢？

恢复古制罢，自黄帝以至宋明的衣裳，一时实难以明白；学戏台上的装束罢，蟒袍玉带，粉底皂靴，坐了摩托车吃番菜，实在也不免有些滑稽。所以改来改去，大约总还是袍子马褂牢稳。虽然也是外国服，但恐怕是不会脱下的了——这实在有些稀奇。

朋　友

黄凯音

　　我在小学的时候，看同学们变小戏法，"耳中听字"呀，"纸人出血"呀，很以为有趣。庙会时就有传授这些戏法的人，几枚铜元一件，学得来时，倒从此索然无味了。进中学是在城里，于是兴致勃勃地看大戏法，但后来有人告诉了我戏法的秘密，我就不再高兴走近圈子的旁边。去年到上海来，才又得到消遣无聊的处所，那便是看电影。

　　但不久就在书上看到一点电影片子的制造法，知道了看去好像千丈悬崖者，其实离地不过几尺，奇禽怪兽，无非是纸做的。这使我从此不很觉得电影的神奇，倒往往只留心它的破绽，自己也无聊起来，第三回失掉了消遣无聊的处所。有时候，还自悔去看那一本书，甚至于恨到那作者不该写出制造法来了。

　　暴露者揭发种种隐秘，自以为有益于人们，然而无聊的人，为消遣无聊计，是甘于受欺，并且安于自欺的，否则就更无聊赖。因为这，所以使戏长存于天地之间，也所以使暴露幽暗不但为欺人者所深恶，亦且为被欺者所深恶。

暴露者只在为的人们中有益，在无聊的人们中便要灭亡。自救之道，只在虽知一切隐秘，却不动声色，帮同欺人，欺那自甘受欺的无聊的人们，任它无聊的戏法一套一套的，终反反复复地变下去。周围是总有这些人会看的。

变戏法的时时拱手道："……出家靠朋友！"有几分就是对着明白戏法的底细者而发的，为的是要他不来戳穿西洋镜。

"朋友，以义合者也"，但我们向来常常不作如此解。

清明时节

孟 弧

　　清明时节，是扫墓的时节，有的要进关来祭祖，有的是到陕西去上坟，或则激论沸天，或则欢声动地，真好像上坟可以亡国，也可以救国似的。

　　坟有这么大关系，那么，掘坟当然是要不得的了。

　　元朝的国师八合思巴罢，他就深相信掘坟的利害。他掘开宋陵，要把人骨和猪狗骨同埋在一起，以使宋室倒楣。后来幸而给一位义士盗走了，没有达到目的，然而宋朝还是亡。曹操设了"摸金校尉"之类的职员，专门盗墓，他的儿子却做了皇帝，自己竟被谥为"武帝"，好不威风。这样看来，死人的安危，和人生的祸福，又仿佛没有关系似的。

　　相传曹操怕死后被人掘坟，造了七十二个疑冢，令人无从下手。于是后之诗人曰："遍掘七十二疑冢，必有一冢冢君尸。"于是后之论者又曰："阿瞒老奸巨猾，安知其尸实不在此七十二冢之内乎。"真是没有法子想。

　　阿瞒虽是老奸巨猾，我想，疑冢之流倒未必安排的，不过古来的冢墓，却大抵被发掘者居多，冢中人的主名，的确者也很少，洛阳邙山，清末掘墓者极多，虽在名公巨卿的墓中，所得也大抵是一块志石和凌乱的陶器，大约并非原没有贵重的殉葬品，乃是早经有人掘过，拿走了，什么时候呢，无从知道。总之是葬后至清末的偷掘那一天之间罢。

至于墓中人究竟是什么人，非掘后往往不知道。即使有相传的主名的，也大抵靠不住。中国人一向喜欢造些和大人物相关的名胜，石门有"子路止宿处"，泰山上有"孔子小天下处"；一个小山洞，是埋着大禹，几堆大土堆，便葬着文武和周公。

如果扫墓的确可以救国，那么，扫就要扫得真确，要扫文武周公的陵，不要扫着别人的土包子，还得查考自己是否周朝的子孙。有是乎要有考古的工作，就是掘开坟来，看看有无葬着文王武王周公旦的证据，如果有遗骨，还可照《洗冤录》的方法来滴血，但是，这又和扫墓救国说相反，很伤孝子顺孙的心了。不得已，就只好闭了眼睛，硬着头皮，乱拜一阵。

"非其鬼而祭之，谄也！"单是扫墓救国术没有灵验，还不过是一个小笑话而已。

小品文的生机

崇 巽

去年是"幽默"大走鸿运的时候，《论语》以外，也是开口幽默，闭口幽默，这人是幽默家，那人也是幽默家，不料今年就大塌其台，这不对，那又不对，一切罪恶，全归幽默，甚至于比之文场的丑角。骂幽默竟好像是洗澡，只要来一下，自己就会干净似的了。

倘若真的是"天地大戏场"，那么，文场上当然也一定有丑角——然而也一定有黑头。丑角唱着丑角戏，是很平常的，黑头改唱了丑角戏，那就怪得很，但大戏场上却有时真会有这等事，这就使直心眼人跟着歪心眼人嘲骂，热情人愤怒，脆情人心酸。为的是唱得不内行，不招人笑吗？并不是的，他比真的丑角还可笑。

那愤怒和心酸，为的是黑头改唱了丑角之后，事情还没有完。串戏总得有几个角色：生、旦、末、丑、净，还有黑头。要不然，这戏也唱不久。为了一种原因，黑头只得改唱丑角的时候，照成例，是一定丑角倒来改唱黑头的。不但唱工，单是黑头涎脸扮丑角，丑角挺胸学黑头，戏场上只有白鼻子和黑脸孔的丑角多起来，也就滑天下之大稽。然而，滑稽而已，并非幽默。或人曰："中国无幽默"。这正是一个注脚。

更可叹的是被谥为"幽默大师"的林先生，竟也在《自由谈》上引了古人之言，曰："夫饮酒猖狂，或沉寂无闻，亦不过洁身自好耳。今世癫鳌，欲使洁身自好者负亡国之罪。若然则'今日乌合，明日鸟散，今日倒戈，明日凭轼，今日为君子，明日为小人，今日为小人，明日复为君子'之辈可无罪。"虽引据仍不离乎小品，但去"幽默"或"闲适"之道远矣。这又是一个注脚。

但林先生以谓新近各报上之攻击《人间世》，是系统的化名的把戏，却是错误的，证据是不同的论旨，不同的作风。其中固然有虽曾附骥，终未登龙的"名人"，或扮作黑头，而实是真正的丑角的打诨，但也有热心人的谠论。世态是这么的纠纷，可见虽是小品，也正有待于分析和攻战的了，这或者倒是《人间世》的一线生机罢。

刀"式"辩

黄 棘

本月六日的《动向》上，登有一篇阿芷先生指明杨昌溪先生的大作《鸭绿江畔》，是和法捷耶夫的《毁灭》相像的文章，其中还举着例证。这恐怕不能说是"英雄所见略同"罢。因为生吞活剥的模样，实在太明显了。

但是，生吞活剥也要有本领，杨先生似乎还差一点。例如《毁灭》的译本，开头是——

"在阶石上锵锵地响着有了损伤的日本指挥刀，莱奋生走到后院去了，……"

而《鸭绿江畔》的开头是——

"当金蕴声走进庭园的时候，他那损伤了的日本式的指挥刀在阶石上噼啪地响着。……"

人名不同了，那是当然的；响声不同了，也没有什么关系，最特别的是他在"日本"之下，加了一个"式"字。这或者也难怪，不是日本人，怎么会挂"日本指挥刀"呢？一定是照日本式样自己打造的了。

但是，我们再来想一想：莱奋生所带的是袭击队，自然是袭击敌人，但也夺取武器。自己的军器是不完备的，一有所得，便用起来。所以他所挂的正是"日本的指挥刀"，并不是"日本式"。

文学家看小说，并且预备抄袭的，可谓关系密切的了，而尚且如此粗心，岂不可叹也夫！

化名新法

白　道

杜衡和苏汶先生在今年揭破了文坛上的两种秘密，也是坏风气：一种是批评家的圈子，一种是文人的化名。

但他还保留着没有说出的秘密——

圈子中还有一种书店编辑用的橡皮圈子，能大能小，能方能圆，只要是这一家书店出版的书籍，这边一套，"行"，那边一套，也"行"。

化名则不但可以变成别一个人，还可以化为一个"社"。这个"社"还能够选文，作论，说道只有某人的作品，"行"，某人的创作，也"行"。

例如"中国文艺年鉴社"所编的《中国文艺年鉴》前面的"鸟瞰"。据它的"瞰"法，是：苏汶先生的议论，"行"，杜衡先生的创作，也"行"。

但我们在实际上再也寻不着这一个"社"。

查查这《年鉴》的总发行所：现代书局；看看《现代》杂志末一页上的编辑者：施蛰存，杜衡。

Oho!

孙行者神通广大，不单会变鸟兽虫鱼，也会变庙宇，眼睛变窗户，嘴巴变庙门，只有尾巴没处安放，就变了一支旗竿，竖在庙后面。但哪有只竖一支旗竿的庙宇的呢？它的被二郎神看出来的破绽就在此。

"除了万不得已之外"，"我希望"一个文人也不要化为"社"，倘使只为了自吹自捧，那真是"就近又有点卑劣了"。

读几本书

邓当世

　　读死书会变成书呆子，甚至于成为书厨，早有人反对过了，时光不绝地进行，反读书的思潮也愈加彻底，于是有人来反对读任何一种书。他的根据是叔本华的老话，说是倘读别人的著作，不过是在自己的脑里给作者跑马。

　　这对于读死书的人们，确是一下当头棒，但为了与其探究，不如跳舞，或者空暴躁，瞎牢骚的天才起见，却也是一句值得绍介的金言。不过要明白：死抱住这句金言的天才，他的脑里却正被叔本华跑了一趟马，踏得一榻糊涂了。

　　现在是批评家在发牢骚，因为没有较好的作品；创作家也在发牢骚，因为没有正确的批评。张三说李四的作品是象征主义，于是李四也自以为是象征主义，读者当然更以为是象征主义。然而怎样是象征主义呢？向来就没有弄分明，只好就用李四的作品为证。所以中国之所谓象征主义，和别国之所谓Symbolism是不一样的，虽然前者其实是后者的译语，然而听说梅特林是象征派的作家，于是李四就成为中国的梅特林了。

此外中国的法朗士，中国的白璧德，中国的吉尔波丁，中国的高尔基，还多得很。然而真的法朗士他们的作品的译本，在中国却少得很。莫非因为都有了"国货"的缘故吗？

在中国的文坛上，有几个国货文人的寿命也真太长；而洋货文人的可也真太短，姓名刚刚记熟，据说是已经过去了。易卜生大有出全集之意，但至今不见第三本：柴霍甫和莫泊桑的选集，也似乎走了虎头蛇尾运。但在我们所深恶痛疾的日本，《吉诃德先生》和《一千一夜》是有全译的；莎士比亚、歌德……都有全集；托尔斯泰的有三种，陀思妥耶夫斯基的有两种。

读死书是害己，一开口就害人；但不读书也并不见得好，至少，譬如要批评托尔斯泰，则他的作品是必得看几本的。自然，现在是国难时期，哪有工夫译这些书，看这些书呢，但我所提议的是向着只在暴躁和牢骚的大人物，并非对于正在赴难或"卧薪尝胆"的英雄。因为有些人物，是即使不读书，也不过玩着，并不去赴难的。

一思而行

曼 雪

只要并不是靠这来解决国政，布置战争，在朋友之间，说几句幽默，彼此莞尔而笑，我看是无关大体的。就是革命专家，有时也要负手散步；理学先生总不免有儿女，在证明着他并非日日夜夜，道貌永远的俨然。小品文大约在将来也可以存在于文坛，只是以"闲适"为主，却稍嫌不够。

人间世事，恨和尚往往就恨袈裟。幽默和小品的开初，人们何尝有二话。然而轰的一声，天下无不幽默和小品，幽默哪有这许多，于是幽默就是滑稽，滑稽就是说笑话，说笑话就是讽刺，讽刺就是漫骂。油腔滑调，幽默也；"天朗气清"，小品也，看郑板桥"道情"一遍，谈幽默十天，买袁中郎尺牍半本，作小品一卷。有些人既有以此起家之势，势必有想反此名世之人，于是轰然一声，天下又无不骂幽默和小品。其实，则趁队起哄之士，今年也和去年一样，数不在少的。

手拿黑漆皮灯笼，彼此都莫名其妙。总之，一个名词归化中国，不久就弄成一团糟。伟人，先前是算好称呼的，现在则受之者已等于被骂：学者和教授，前两三年还是干净的名称；自爱者闻文学家之称而逃，今年已经开始了第一步。但是，世界上真的没有实在的伟人，实在的学者和教授，实在的文学家吗？并不然。只有中国是例外。

假使有一个人，在路旁吐一口唾沫，自己蹲下去，看看，不久准可以围满一堆人；又假使又有一个人，无端大叫一声，拔步便跑，同时准可以大家都逃散。真不如是"何所闻而来，何所见而去"，然而又心怀不满，骂他的莫名其妙的对象曰"妈的"！但是，那吐唾沫和大叫一声的人，归根结蒂还是大人物。当然，沉着切实的人们是有的。不过伟人等等之名之被尊视或鄙弃，大抵总只是做唾沫的替代品而已。

社会仗这添些热闹，是值得感谢的。但在乌合之前想一想，在云散之前也想一想，社会未必就冷静了，可是还要像样一点点。

推己及人

梦 文

　　忘了几年以前了，有一位诗人开导我，说是愚众的舆论，能将天才骂死，例如英国的济慈就是。我相信了。去年看见几位名作家的文章，说是批评家的漫骂，能将好作品骂得缩回去，使文坛荒凉冷落。自然，我也相信了。

　　我也是一个想做作家的人，而且觉得自己也确是一个作家，但还没有获得挨骂的资格，因为我未曾写过创作。并非缩回去，是还没有钻出来。这钻不出来的原因，我想是一定为了我的女人和两个孩子的吵闹，她们也如漫骂批评家一样，职务是在毁灭真天才，吓退好作品的。

　　幸喜今年正月，我的丈母要见见她的女儿了，她们三个就都回到乡下去。我真是耳目清静，猗欤休哉，到了产生伟大作品的时代。可是不幸得很，现在已是废历四月初，足足静了三个月了，还是一点也写不出什么来，假使有朋友问起我的成绩，叫我怎样回答呢？还能归罪于她们的吵闹吗？

　　于是乎我的信心有些动摇。

　　我疑心我本不会有什么好作品，和她们的吵闹与否无关。而且我又疑心到所谓名作家也未必会有什么好作品，和批评家的漫骂与否无涉。

　　不过，如果有人吵闹，有人漫骂，倒可以给作家的没有作品遮羞，说是本来是要有的，现在给他们闹坏了。他于是就像一个落难小生，纵使并无作品，也能从看客赢得一掬一掬的同情之泪。

　　假使世界上真有天才，那么，漫骂的批评，于他是有损的，能骂退他的作品，使他不成其为作家。然而所谓漫骂的批评，于庸才是有益的，能保持其为作家，不过据说是吓退了他的作品。

　　在这三足月里，我仅仅有了一点"烟士披离纯"，是套罗兰夫人的腔调的："批评批评，世间多少作家，借汝之骂以存！"

偶 感

公 汗

还记得东三省沦亡，上海打仗的时候，在只闻炮声，不愁炮弹的马路上，处处卖着《推背图》，这可见人们早想归失败之故于前定了。三年以后，华北华南，同濒危急，而上海却出现了"碟仙"。前者所关心的还是国运，后者却只在问试题、奖券、亡魂。着眼的大小，固已迥不相同，而名目则更加冠冕，因为这"灵乩"是中国的"留德学生白同君所发明"，合于"科学"的。

"科学救国"已经叫了近十年，谁都知道这是很对的，并非"跳舞救国""拜佛救国"之比。青年出国去学科学者有之，博士学了科学回国者有之。不料中国究竟自有其文明，与日本是两样的，科学不但并不足以补中国文化之不足，却更加证明了中国文化之高深。风水，是合于地理学的，门阀，是合于优生学的，炼丹，是合于化学的，放风筝，是合于卫生学的。"灵乩"的合于"科学"，亦不过其一而已。

五四时代，陈大齐先生曾作论揭发过扶乩的骗人，隔了十六年，白同先生却用碟子证明了扶乩的合理，这真叫人从哪里说起。

而且科学不但更加证明了中国文化的高深，还帮助了中国文化的光大。麻将桌边，电灯替代了蜡烛，法会坛上，镁光照出了喇嘛，无线电播首所日日传播的，不往往是《狸猫换太子》《玉堂春》《谢谢毛毛雨》吗？

老子曰："为之斗斛以量之，则并与斗斛而窃之。"罗兰夫人曰："自由自由，多少罪恶，假汝之名以行！"每一新制度、新学术、新名词，传入中国，便如落在黑色染缸，立刻乌黑一团，化为经私助焰之具。科学，亦不过其一而已。

此弊不去，中国是无药可救的。

论秦理斋夫人事

公 汗

这几年来，报章上常见有因经济的压迫，礼教的制裁而自杀的记事，但为了这些，便来开口或动笔的人是很少的。只有新近秦理斋夫人及其子女一家四口的自杀，却起过不少的回声，后来还出了一个怀着这一段新闻记事的自杀者，更可见其影响之大了。我想，这是因为人数多。单独的自杀，盖已不足以招大家的青睐了。

一切回声中，对于这自杀的主谋者——秦夫人，虽然也加以恕辞，但归结却无非是诛伐。因为——评论家说——社会虽然黑暗，但人生的第一责任是生存，倘自杀，便是失职，第二责任是受苦，倘自杀，便是偷安。进步的评论家则说人生是战斗，自杀者就是逃兵，虽死也不足以蔽其罪。这自然也说得下去的，然而未免太笼统。

人间有犯罪学者，一派说，由于环境；一派说，由于个人。现在盛行的是后一说，因为倘信前一派，则消灭罪犯，便得改造环境，事情就麻烦，可怕了。而秦夫人自杀的批判者，则是大抵属于后一派。

诚然，既然自杀了，这就证明了她是一个弱者。但是，怎么会弱的呢？要紧的是我们须看看她的尊翁的信札，为了要她回去，既耸之以两家的名声，又动之以亡人的乩语。我们还得看看她的令弟的挽联："妻殉夫，子殉母……"不是大有视为千古美谈之意吗？以生长及陶冶在这样的家庭中的人，又怎么能不成为弱者？我们固然未始不可责以奋斗，但黑暗的吞噬之力，往往胜于孤军，况且自杀的批判者未必就是战斗的应援者，当他人奋斗时，挣扎时，败绩时，也许倒是鸦雀无声了。穷乡僻壤或都会中，孤儿寡妇，贫女劳人之顺命而死，或虽然抗命，而终于不得不死者何限，但曾经上谁的口，动谁的心呢？真是"自经于沟渎而莫之知也"！

人固然应该生存，但为的是进化；也不妨受苦，但为的是解除将来的一切苦，更应该战斗，但为的是改革。责别人的自杀者，一面责人，一面也正应该向驱人于自杀之途的环境挑战，进攻。倘使对于黑暗的主力，不置一辞，不发一矢而但向"弱者"唠叨不已，则纵使他如何义形于色，我也不能不说——我真也忍不住了——他其实乃是杀人者的帮凶而已。

"……""□□□□"论补

曼雪

徐讦先生在《人间世》上，发表了这样的题目的论。对于此道，我没有那么深造，但"愚者千虑，必有一得"，所以想来补一点，自然，浅薄是浅薄得多了。

"……"是洋货，五四运动之后这才输入的。先前林琴南先生译小说时，夹注着"此语未完"的，便是这东西的翻译。在洋书上，普通用六点，吝啬的却只用三点。然而中国是"地大物博"的，同化之际，就渐渐地长起来。九点，十二点，以至几十点；有一种大作家，则简直至少点上三四行，以见其中的奥义，无穷无尽，实在不可以言语形容。读者也大抵这样想，有敢说觉不出其中的奥义的罢，那便是低能儿。

然而归根结蒂，也好像终于是安徒生童话里的"皇帝的新衣"，其实是一无所有；不过须是孩子，才会照实地大声说出来。孩子不会看文学家的"创作"，于是在中国就没有人来道破。但天气是要冷的，光着身子不能整年在路上走，到底也得躲进宫里去，连点几行的妙文，近来也不大看见了。

"□□"是国货，《穆天子传》上就有这玩意儿，先生教我说：是阙文。这阙文也闹过事，曾有人说"口生垢，口戕口"的三个口字，也是阙文，又给谁大骂了一顿。不过先前是只见于古人的著作里的，无法可补，现在却见于今人的著作上了，欲补不能。到目前，则渐有代以"××"的趋势。这是从日本输入的。这东西多，对于这著作的内容，我们便预觉其激烈。但是，其实有时也并不然。胡乱×它几行，印了出来，固可使读者佩服作家之激烈，恨检查员之峻严，但送检之际，却又可使检查员爱他的顺从，许多话都不敢说，只×得这么起劲。一举两得，比点它几行更加巧妙了。中国正在排日，这一条锦囊妙计，或者不至于模仿的罢。

现在是什么东西都要用钱买，自然也就都可以卖钱。但连"没有东西"也可以卖钱，却未免有些出乎意表。不过，知道了这事以后，便明白造谣为业，在现在也还要算是"货真价实，童叟无欺"的生活了。

谁在没落？

常 庚

五月二十八日的《大晚报》告诉了我们一件文艺上的重要的新闻：

> 我国美术名家刘海粟、徐悲鸿等，近在苏俄莫斯科举行中国书画展览会，深得彼邦人士极力赞美，喻扬我国之书画名作，契合苏俄正在盛行之象征主义作品。爰苏俄艺术界向分写实与象征两派，现写实主义已渐没落，而象征主义则经朝野一致提倡，引成欣欣向荣之概。自彼邦艺术家见我国之书画作品深合象征派后，即忆及中国戏剧亦必采取象征主义，因拟……邀中国戏曲名家梅兰芳等前往奏艺。此事已由俄方与中国驻俄大使馆接洽，同时苏俄驻华大使鲍格莫洛夫亦奉到训令，与我方商洽此事。……

这是一个喜讯，值得我们高兴的。但我们当欣喜于"发扬国光"之后，还应该沉静一下，想到以下的事实——

一、倘说：中国书和印象主义有一脉相通，那倒还说得下去的，现在以为"切合苏俄正在盛行之象征主义"，却未免近于梦话。半枝紫藤，一株松树，一个老虎，几匹麻雀，有些确乎是不像真的，但那是因为画不像的缘故，何尝"象征"着别的什么呢？

二、苏俄的象征主义的没落，在十月革命时，以后便崛起了构成主义，而此后又渐为写实主义所排去。所以倘说：构成主义已渐没落，而写实主义"引成欣欣向荣之概"，那是说得下去的。不然，便是梦话。苏俄文艺界上，象征主义的作品有些什么呀？

三、脸谱和手势，是代数，何尝是象征，它除了白鼻梁表丑角，花脸表强人，执鞭表骑马，推手表开门之外，哪里还有什么说不出，做不出的深意义？

欧洲离我们也真远，我们对于那边的文艺情形也真的不大分明，但是，现在二十世纪已经度过了三分之一，粗浅的事是知道一点的了，那样的新闻倒令人觉得是"象征主义作品"，它象征着他们的艺术的消亡。

倒 提

公 汗

西洋的慈善家是怕看虐待动物的，倒提着鸡鸭走过租界就要办。所谓办，虽然也不过是罚钱，只要舍得出钱，也还可以倒提一下，然而究竟是办了。于是有几位华人便大鸣不平，以为西洋人优待动物，虐待华人，至于比不上鸡鸭。

这其实是误解了西洋人。他们鄙夷我们，是的确的，但并未放在动物之下。自然，鸡鸭这东西，无论如何，总不过送进厨房，做成大菜而已，即顺提也何补于归根结蒂的运命。然而它不罢言语，不会抵抗，又何必加以无益的虐待呢？西洋人是什么都讲有益的。我们的古人，人民的"倒悬"之苦是想到的了，而且也实在形容得切帖，不过还没有察出鸡鸭的倒提之灾来，然而对于什么"生刲驴肉""活烤鹅掌"这些无聊的残虐，却早经在文章里加以攻击了。这种心思，是东西之所同具的。

但对于人的心思，却似乎有些不同。人能组织，能反抗，能为奴，也能为主，不肯努力，固然可以永沦为舆台，自由解放，便能够获得彼此的平等，那运命是并不一定终于送进厨房，做成大菜的。愈下劣者，愈得主人的爱怜，所以西崽打叭儿，则西崽被斥，平人怍西崽，则平人获咎，租界上并无禁止苛待华人的规律，正因为我们该自有力量，自有本领，和鸡鸭绝不相同的缘故。

然而我们从古典里，听熟了仁人义士，来解倒悬的胡说了，直到现在，还不免总在想从天上或什么高处远处掉下一点恩典来，其甚者竟以为"莫作乱离人，宁为太平犬"，不妨变狗，而合群改革是不肯的。自叹不如租界的鸡鸭者，也正有这气味。

这类的人物一多，倒是大家要被倒悬的，而且虽在送往厨房的时候，也无人暂时解救。这就因为我们究竟是人，然而是没出息的人的缘故。

　　　附：

论"花边文学"

林　默

近来有一种文章，四周围着花边，从一些副刊上出现。这文章，每天一段，雍容闲适，缜密整齐，看外形似乎是"杂感"，但又像"格言"，内容却不痛不痒，毫无着落。似乎是小品或语录一类的东西。今天一则"偶感"，明天一敢"据说"，从作者看来，自然是好文章，因为翻来覆去，都成了道理，颇尽了八股的能事的。但从读者看，虽然不痛不痒，却往往渗有毒汁，散布了妖言。譬如甘地被刺，就起来作一篇"偶感"，颂扬番"摩哈达麻"，咒骂几通暴徒作乱，为圣雄出气禳灾，顺便也向读者宣讲一些"看定一切""勇武和平"的不抵抗说教之类，这种文章无以名之，且名之曰"花边体"或"花边文学"罢。

这花边体的来源，大抵是走入鸟道以后的小品文变种。据这种小品文的拥护者说是会要流传下去的（见《人间世·关于小品文》）。我们且来看看他们的流传之道罢。六月念八日申报《自由谈》载有这样一篇文章，题目叫《倒提》。大意说西洋人禁止倒提鸡鸭，华人颇有鸣不平的，因为西洋人虐待华人，至于比不上鸡鸭。

于是这位花边文学家发议论了，他说："这其实是误解了西洋人。他们鄙夷我们是的确的，但并未放在动物之下。"

为什么"并未"呢？据说是"人能组织，能反抗，……自有力量，自有本领，和鸡鸭绝不相同的缘故。"所以租界上没有禁止苛待华人的规律。不禁止虐待华人，当然就是把华人看在鸡鸭之上了。

倘要不平么，为什么不反抗呢？

而这些不平之士，据花边文学家从古典里得来的证明，断为"不妨变狗"之辈，没有出息的。

这意思极明白，第一是西洋人并未把华人放在鸡鸭之下，自叹不如鸡鸭的人，是误解了西洋人。第二是受了西洋人这种优待，不应该再鸣不平。第三是他虽也正面的承认人是能反抗的，叫人反抗，但他实在是说明西洋人为尊重华人起见，这虐待倒不可少，而且大可进一步。第四，倘有人要不平，他能从"古典"来证明这是华人没有出息。

上海的洋行，有一种帮洋人经营生意的华人，通称叫"买办"，他们和同胞做起生意来，除开夸说洋货如何比国货好，外国人如何讲礼节信用，中国人是猪猡，该被淘汰以外，还有一个特点，是口称洋人曰："我们的东家。"我想这篇《倒提》的杰作，看他的口气，大抵不出于这般人为他们的东家而作的手笔。因为第一，这般人是常以了解西洋人自夸的。西洋人待他很客气；第二，他们往往赞成西洋人（也就是他们的东家）统治中国，虐待华人，因为中国人是猪猡；第三，他们最反对中国人怀恨西洋人。抱不平，从他们看来，更是危险思想。

从这般人或希望升为这般人的笔下产出来的就

成了这篇《花边文学》的杰作。但所可惜是不论这种文人，或这种文字，代西洋人如何辩护说教，中国人的不平，是不可免的。因为西洋人虽然不曾把中国放在鸡鸭之下，但事实上也似乎并未放在鸡鸭之上。香港的差役把中国犯人倒提着从二楼摔下来，已是久远的事，近之如上海，去年的高丫头，今年的蔡洋其辈，他们的遭遇，并不胜过于鸡鸭，而死伤之惨烈有过而无不及。这些事实我辈华人是看得清清楚楚，不会转背就忘却的，花边文学家的嘴和笔怎能蒙混过去呢？

抱不平的华人果真如花边文学家的"古典"证明，一律没有出息的么？倒也不的。我们的古典里，不是有九年前的五卅运动，两年前的一二八战争，至今还在艰苦支持的东北义勇军么？谁能说这些不是由于华人的不平之气聚集而成的勇敢的战斗和反抗呢？

"花边体"文章赖以流传的长处都在这里。如今虽然在流传着，为某些人们所拥护。但相去不远，就将有人来唾弃他的。现在是建设"大众语"文学的时候，我想"花边文学"，不论这种形式或内容，在大众的眼中，将有流传不下去的一天罢。

这篇文章投了好几个地方，都被拒绝。莫非这文章又犯了要报私仇的嫌疑么？但这"授意"却没有的。就事论事，我觉得实有一吐的必要。文中过火之处，或者有之，但说我完全错了，却不能承认。倘得罪的是我的先辈或友人，那就请谅解这一点。

笔者附识。

玩　具

宓子章

今年是儿童年。我记得的，所以时常看看造给儿童的玩具。

马路旁边的洋货店里挂着零星小物件，纸上标明，是从法国运来的，但我在日本的玩具店看见一样的货色，只是价钱更便宜。在担子上，在小摊上，都卖着渐吹渐大的橡皮泡，上面打着一个印子道："完全国货"，可见是中国自己制造的了。然而日本孩子玩着的橡皮泡上，也有同样的印子，那却应该是他们自己制造的。

大公司里则有武器的玩具：指挥刀、机关枪、坦克车……然而，虽是有钱人家的小孩，拿着玩的也少见。公园里面，外国孩子聚沙成为圆堆，横插上两条短树干，这明明是在创造铁甲炮车了，而中国孩子是青白的、瘦瘦的脸，躲在大人的背后，羞怯地惊异地看着，身上穿着一件斯文之极的长衫。

我们中国是大人用的玩具多：姨太太、鸦片枪、麻雀牌、毛毛雨、科学灵乩、金刚法会，还有别的，忙个不了，没有工夫想到孩子身上去了。虽是儿童年，虽是前年身历了战祸，也没有因此给儿童创出一种纪念的小玩意，一切都是照样抄。然则明年不是儿童年了，那情形就可想。

但是，江北人却是制造玩具的天才。他们用两个长短不同的竹筒，染成红绿，连作一排，筒内藏一个弹簧，旁边有一个把手，摇起来就格格地响，这就是机关枪！也是我所见的唯一的创作。我在租界边上买了一个，和孩子摇着在路上走，文明的西洋人和胜利的日本人看见了，大抵投给我们一个鄙夷或悲悯的苦笑。

然而我们摇着在路上走，毫不愧恧，因为这是创作。前年以来，很些人骂着江北人，好像此非不足以自显其高洁，现在沉默了，那高洁也就渺渺然，茫茫然。而江北人却创造了粗笨的机枪玩具，以坚强的自信和质朴的才能与文明的玩具争。他们，我以为是比从外国买了极新式的武器回来的人物，更其值得赞颂的，虽然也许又有人会因此给我一个鄙夷或悲悯的冷笑。

零食

莫朕

出版界的现状，期刊多而专书少，使有心人发愁，小品多而大作少，又使有心人发愁。人而有心，真要"日坐愁城"了。

但是，这情形是由来已久的，现在不过略有变迁，更加显著而已。

上海的居民，原就喜欢吃零食，假使留心一听，则屋外叫卖零食者，总是"实繁有徒"。桂花白糖伦教糕，猪油白糖莲心粥，虾肉馄饨面，芝麻香蕉，南洋芒果，西路（暹罗）蜜橘，瓜子大王，还有蜜饯，橄榄，等等。只要胃口好，可以从早晨直吃到半夜，但胃口不好也不妨，因为这又不比肥鱼大肉，分量原是很少的。那功效，据说，是在消闲之中，得养生之益，而且味道好。

前几年的出版物，是有"养生之益"的零食，或曰"入门"，或曰"ABC"，或曰"概论"，总之是薄薄的一本，只要花钱数角，费时半点钟，便能明白一种科学，或全盘文学，或一种外国文。意思就是说，只要吃一包五香瓜子，便能使这人发荣滋长，抵得吃五年饭。试了几年，功效不显，于是很有些灰心了。一试验，如果有名无实，是往往不免灰心的，例如现在已经很少有人修仙炼金，而代以洗温泉和买奖券，便是试验无效的结果。于是放松了"养生"这一面，偏到"味道好"那一面去了。自然，零食也还是零食。上海的居民，和零食是死也分拆不开的。

于是而出现了小品，但也并不是新花样，当老九章生意兴隆的时候，就有过《笔记小说大观》之流，这是零食一大箱；待到老九章关门之后，自然也跟着成了一小撮。分量少了，为什么倒弄得闹闹嚷嚷，满城风雨的呢？我想，这是因为在担子装起了篆字的和罗马字母合璧的年红电灯的招牌。

然而，虽然仍旧是零食，上海居民的感应力却比先前敏捷了，否则又何至于闹嚷嚷。但这也许正因为神经衰弱的缘故。假使如此，那么，零食的前途倒是可虑的。

“此生或彼生”

“此生或彼生”。

现在写出这样五个字来，问问读者：是什么意思？

倘使在《申报》上，见过汪懋祖先生的文章，“……例如说‘这一个学生或是那一个学生’，文言文只须‘此生或彼生’即已明了，其省力为何如？……”的，那就是许能够想到，这就是“这一个学生或是那一个学生”的意思。

否则，那回答恐怕就要迟疑。因为这五个字，至少还可以有两种解释：一、这一个秀才或是那一个秀才（生员）；二、这一世或是未来的别一世。

文言比起白话来，有时的确字数少，然而那意义也比较的含糊。我们看文言文，往往不但不能增益我们的知识，并且须仗我们已有的知识，给它注解，补足。待到翻成精密的白话之后，这才算是懂得了。如果一径就用白话，即使多写了几个字，但对于读者，“其省力为何如”？

我就用主张文言的汪懋祖先生所举的文言的例子，证明了文言的不中用了。

正是时候

张承禄

"山梁雌雉，时哉时哉！"东西是自有其时候的。

圣经，佛典，受一部分人们的奚落已经十多年了，"觉今是而昨非"，现在就是复兴的时候。关岳，是清朝屡经封赠的神明，被民元革命所闲却；从新记得，是袁世凯的晚年，但又和袁世凯一同盖了棺；而第二次重新记得，则是在现在。

这时候，当然要重文言，掉文袋，标雅致，看古书。

如果小家子弟，则纵使外面怎样大风雨，也还要勇往直前，拼命挣扎的，因为他没有安稳的老巢可归，只得向前干。虽然成家立业之后，他也许修家谱，造祠堂，俨然以旧家子弟自居。但这究竟是后话。倘是旧家子弟呢，为了逞雄、好奇、趋时、吃饭，固然也未必不出门，然而只因为一点小成功，或者一点小挫折，都能够使他立刻退缩。这一缩而且缩得不小，简直退回家，更坏的是他的家乃是一所古老破烂的大宅子。

这大宅里有仓中的旧货，有壁角的灰尘，一时实在搬不尽，倘有坐食的余闲，还可以东寻西觅，那就修破书、擦古瓶、读家谱、怀祖德，来消磨他若干岁月。如果是穷极无聊了，那就更要修破书、擦古瓶、读家谱、怀祖德，甚而至于翻肮脏的墙根，开空虚的抽屉，想发现连他自己也莫名其妙的宝贝，来救这无法可想的贫穷。这两种人，小康和穷乏，是不同的，悠闲和急迫，是不同的，因而收场的缓促，也不同的。但当这时候，却就正在古董中讨生活，所以那主张和行为，便无不同，而声势也好像见得浩大了。

于是就又影响了一部分的青年们，以为在古董中真可以寻出自己的救星。他看看小康者，是这么闲适，看看急迫者，是这么专精，这，就总应该有些道理。会有仿效的人，是当然的。然而，时光也绝不留情，他将终于得到一个空虚，急迫者是妄想，小康者是玩笑。主张者倘无特操，无灼见，则说古董应该供在香案上或掷在茅厕里，其实，都不过在尽一时的自欺欺人的任务，要寻前例，是随处皆是的。

论重译

史 贲

　　穆木天先生在二十一日的《火炬》上，反对作家的写无聊的游记之类，以为不如给中国介绍一点上起希腊罗马，下至现代的文学名作。我以为这是很切实的忠告。但他在十九日的《自由谈》上，却又反对间接翻译，说"是一种滑头办法"，虽然还附有一些可恕的条件。这是和他后来的所说冲突的，也容易启人误会，所以我想说几句。

　　重译确是比直接译容易。首先，是原文的能令译者自惭不及，怕敢动笔的好处，先由原译者消去若干部分了。译文是大抵比不上原文的，就是将中国的粤语译为京语，或京语译成沪语，也很难恰如其分。再重译，便减少了对于原文的好处的踌躇。其次，是难解之处，忠实的译者往往会有注解，可以一目了然，原书上面未必有。但因此，也常有直接译错误，而间接译却不然的时候。

　　懂某一国文，最好是译某一国文学，这主张是断无错误的，但是，假使如此，中国也就难有上起希罗，下至现代的文学名作的译本了。中国人所懂的外国文，恐怕是英文最多，日文次之，倘不重译，我们将只能看见许多英美和日本的文学作品，不但没有伊卜生，没有伊本涅支，连极通行的安徒生的童话，西万提司的《吉诃德先生》，也无从看见了。这是何等可怜的眼界。自然，中国未必没有精通丹麦、诺威、西班牙文字的人们，然而他们至今没有译，我们现在的所有，都是从英文重译的。连苏联的作品，也大抵是从英法文重译的。

所以我想，对于翻译，现在似乎暂不必有严峻的堡垒。最要紧的是要看译文的佳良与否，直接译或间接译，是不必置重的；是否投机，也不必推问的。深通原译文的趋时者的重译本，有时会比不甚懂原文的忠实者的直接译本好，日本改造社译的《高尔基全集》，曾被有一些革命者斥责为投机，但革命者的译本出，却反而显出前一本的优良了。不过也还要附一个条件，并不很懂原译文的趋时者的速成译本，可实在是不可恕的。

待到将来各种名作有了直接译本，则重译本便是应该淘汰的时候，然而必须那译本比旧译本好，不能但以"直接翻译"当作护身的挡牌。

再论重译

史 贲

看到穆木天先生的《论重译及其他》下篇的末尾，才知道是在释我的误会。我却觉得并无什么误会，不同之点，只在倒过了一个轻重，我主张首先要看成绩的好坏，而不管译文是直接或间接，以及译者是怎样的动机。

木天先生要译者"自知"，用自己的长处，译成"一劳永逸"的书。要不然，还是不动手的好。这就是说，与其来种荆棘，不如留下一片白地，让别的好园丁来种可以永久观赏的佳花。但是，"一劳永逸"的话，有是有的，而"一劳永逸"的事却极少，就文字而论，中国的这方块字便决非"一劳永逸"的符号。况且白地也决不能永久地保留，既有空地，便会生长荆棘或雀麦。最要紧的是有人来处理，或者培植，或者删除，使翻译界略免于芜杂。这就是批评。

然而我们向来看轻着翻译，尤其是重译。对于创作批评家是总算时时开口的，一到翻译，则前几年还偶有专指误译的文章，近来就极其少见；对于重译的更其少。但在工作上，批评翻译却比批评创作难，不但看原文须有译者以上的功力，对作品也须有译者以上的理解。如木天先生所说，重译有数种译本作参考，这在译者是极为便利的，因为甲译本可疑时，能够参看乙译本。直接译就不然了，一有不懂的地方，便无法可想，因为世界上是没有用了不同的文章，来写两部意义句句相同的作品的作者的。重译的书之多，这也许是一种原因，说偷懒也行，但大约也还是语学的力量不足的缘故。遇到这种参酌各本而成的译本，批评就更为难了，至少也得能看各种原译本。如陈源译的《父与子》，鲁迅译的《毁灭》，就都属于这一类的。

我以为翻译的路要放宽，批评的工作要着重。倘只是立论极严，想使译者自己慎重，倒会得到相反的结果，要好的慎重了，乱译者却还是乱译，这时恶译本就会比稍好的译本多。

临末还有几句不大紧要的话。木天先生因为怀疑重译，见了德译本之后，连他自己所译的《搭什干》，也定为法文原译是删节本了。其实是不然的。德译本虽然厚，但那是两部小说合订在一起的，后面的大半，就是绥拉菲摩维支的《铁流》。所以我们有的汉译《塔什干》，也并不是节本。

"彻底"的底子

公 汗

现在对于一个人的立论，如果说它是"高超"，恐怕有些要招论者的反感了，但若说它是"彻底"，是"非常前进"，却似乎还没有什么。

现在也正是"彻底"的，"非常前进"的议论，替代了"高超"的时光。

文艺本来都有一个对象的界限。譬如文学，原是以懂得文字的读者为对象的，懂得文字的多少有不同，文章当然要有深浅。而主张用字要平常，作文要明白，自然也还是作者的本分。然而这时"彻底"论者站出来了，他却说中国有许多文盲，问你怎么办？这实在是对于文学家的当头一棍，只好立刻闷死给他看。

不过还可以另外请一支救兵来，也就是辩解。因为文盲是已经在文学作用的范围之外的了，这话只好请书家、演剧家、电影作家出马，给他看文字以外的形象的东西。然而这还不足以塞"彻底"论者的嘴的，他就说文盲中还有色盲，有瞎子，问你怎么办？于是艺术家们也遭了当头一棍，只好立刻闷死给他看。

那么，作为最后的挣扎，说是对于色盲瞎子之类，须用讲演、唱歌、说书罢。说是也说得过去的。然而他就要问你：莫非你忘记了中国还有聋子吗？

又是当头一棍，闷死，都闷死了。

于是"彻底"论者就得到一个结论：现在的一切文艺，全都无用，非彻底改革不可！

他立定了这个结论之后，不知道到哪里去了。谁来"彻底"改革呢？那自然是文艺家。然而文艺家又是不"彻底"的多，于是中国就永远没有对于文盲、色盲、瞎子、聋子，无不有效的——"彻底"的好的文艺。

但"彻底"论者却有时又会伸出头来责备一顿文艺家。

弄文艺的人，如果遇见这样的大人物而不能撕掉他的鬼脸，那么，文艺不但不会前进，并且只会萎缩，终于被他消灭的。切实的文艺家必须认清这一种"彻底"论者的真面目！

知了世界

邓当世

  中国的学者们，多以为各种智识，一定出于圣贤，或者至少是学者之口；连火和草药的发明应用，也和民众无缘，全由古圣王一手包办：燧人氏，神农氏。所以，有人以为"一若各种智识，必出诸动物之口，斯亦奇矣"，是毫不足奇的。

  况且，"出诸动物之口"的智识，在我们中国，也常常不是真智识。天气热得要命，窗门都打开了，装着无线电播音机的人家，便都把音波放到街头，"与民同乐"。咿咿唉唉，唱呀唱呀。外国我不知道，中国的播音，竟是从早到夜，都有戏唱的，它一会儿尖，一会儿沙，只要你愿意，简直能够使你耳根没有一刻清净。同时开了风扇，吃着冰淇淋，不但和"水位大涨""旱象已成"之处毫不相干，就是和窗外流着油汗，整天在挣扎过活的人们的地方，也完全是两个世界。

  我在咿咿唉唉的曼声高唱中，忽然记得了法国诗人拉芳丁的有名的寓言：《知了和蚂蚁》。也是这样的火一般的太阳的夏天，蚂蚁在地面上辛辛苦苦地作工，知了却在枝头高吟，一面还笑蚂蚁俗。然而秋风来了，凉森森的一天比一天凉，这时知了无衣无食，变了小瘪三，却给早有准备的蚂蚁教训了一顿。这是我在小学校"受教育"的时候，先生讲给我听的。我那时好像很感动，至今有时还记得。

但是，虽然记得，却又因了"毕业即失业"的教训，意见和蚂蚁已经很不同。秋风是不久就来的，也自然一天凉比一天，然而那时无衣无食的，恐怕倒是现在的流着油汗的人们；洋房的周围固然静寂了，但那是关紧了窗门，连音波一同留住了火炉的暖气，遥想那里面，大约总依旧是咿咿唉唉，"谢谢毛毛雨"。

"出诸动物之口"的智识，在我们中国岂不是往往不适用的么？

中国自有中国的圣贤和学者。"劳心者治人，劳力者治于人；治于人者食（去声）人，治人者食于人"，说得多么简截明白。如果先生早将这教给我，我也不至于有上面的那些感想，多费纸笔了。这也就是中国人非读中国古书不可的一个好证据罢。

算　账

莫　朕

说起清代的学术来，有几位学者总是眉飞色舞，说那发达是为前代所未有的。证据也真够十足：解经的大作，层出不穷，小学也非常的进步；史论家虽然绝迹了，考史家却不少；尤其是考据之学，给我们明白了宋明人决没有看懂的古书……

但说起来可又有些踌躇，怕英雄也许会因此指定我是犹太人，其实，并不是的。我每遇到学者谈起清代的学术时，总不免同时想"扬州十日""嘉定三屠"这些小事情，不提也好罢，但失去全国的土地，大家十足做了二百五十年奴隶，却换得这几页光荣的学术史，这买卖，究竟是赚了利，还是折了本呢？

可惜我又不是数学家，到底没有弄清楚。但我直觉地感到，这恐怕是折了本，比用庚子赔款来养成几位有限的学者，亏累得多了。

但恐怕这又不过是俗见。学者的见解，是超然于得失之外的。虽然超然于得失之外，利害大小之辨却又似乎并非全没有。大莫大于尊孔，要莫要于崇儒，所以只要尊孔而崇儒，便不妨向任何新朝俯首。对新朝的说法，就叫作"反过来征服中国民族的心"。

而这中国民族的有些心，真也被征服得彻底，到现在，还在用兵燹、疠疫、水旱、风蝗，换取着孔庙重修，雷峰塔再建，男女同行犯忌，四库珍本发行这些大门面。

我也并非不知道灾害不过暂时，如果没有记录，到明年就会大家不提起，然而光荣的事业却是永久的。但是，不知怎地，我虽然并非犹太人，却总有些喜欢讲损益，想大家来算一算向来没有人提起过的这一笔账。——而且，现在也正是这时候了。

水　性

　　天气接连地大热了近二十天，看上海报，几乎每天都有下河洗浴，淹死了人的记载。这在水村里，是很少见的。

　　水村多水，对于水的知识多，能浮水的也多。倘若不会浮水，是轻易不下水去的。这一种能浮水的本领，俗语谓之"识水性"。

　　这"识水性"，如果用了"买办"的白话文，加以较详的说明，则：一、是知道火能烧死人，水也能淹死人，但水的模样柔和，好像容易亲近，因而也容易上当；二、知道水虽能淹死人，却也能浮起人，现在就设法操纵它专来利用它浮起人的这一面；三、便是学得操纵法，此法一熟，"识水性"的事就完全了。

　　但在都会里的人们，却不但不能浮水，而且似乎连水能淹死人的事情也都忘却了。平时毫无准备，临时又不先一测水的深浅，遇到热不可耐时，便脱衣一跳，倘不幸而正值深处，那当然是要死的。而且我觉得，当这时候，肯设法救助的人，好像都会里也比乡下少。

但救都会人恐怕也较难，因为救者固然必须"识水性"，被救者也得相当地"识水性"的。他应该毫不用力，一任救者托着他的下巴，往浅处浮。倘若过于性急，拼命地向救者的身上爬，则救者倘不是好手，便只好连自己也沉下去。

所以我想，要下河，最好是预先学一点浮水工夫，不必到什么公园的游泳场，只要在河滩边就行，但必须有内行人指导。其次，倘因了种种关系，不能学浮水，那就用竹竿先探一下河水的浅深，只在浅处敷衍敷衍；或者最稳当是舀起水来，只在河边冲一冲，而最要紧的是要知道水有能淹死不会游泳的人的性质，并且还要牢牢地记住！

现在还要主张宣传这样的常识，看起来好像发疯，或是志在"花边"罢，但事实却瞪明着断断不如此。许多事是不能为了讨前进的批评家喜欢，一味闭了眼睛作豪语的。

玩笑只当它玩笑（上）

康伯度

　　不料刘半农先生竟忽然病故了，学术界上又短少了一个人。这是应该惋惜的。但我于音韵学一无所知，毁誉两面，都不配说一句话。我因此记起的是别一件事，是在现在的白话将被"扬弃"或"唾弃"之前，他早是一位对于那时的白话，尤其是欧化式的白话的伟大的"迎头痛击"者。

　　他曾经有过极不费力，但极有力的妙文：

　　　　"我现在只举一个简单的例：

　　　　子曰：'学而时习之，不亦悦乎？'

　　　　这太老式了，不好！

　　　　'学而时习之，'子曰，'不亦悦乎？'

　　　　这好！

　　　　'学而时习之，不亦悦乎？'子曰。

　　　　这更好！为什么好？欧化了。但'子曰'终没有能欧化到'曰子'！"

这段话见于《中国文法通论》中,那书是一本正经的书;作者又是《新青年》的同人,五四时代"文学革命"的战士,现在又成古人了。中国老例,一死是常常能够增价的,所以我想重新提起,并且提出他终于也是"论语"社的同人,有时不免发些"幽默";原先也有"幽默",而这些"幽默",又不免常常掉到"开玩笑"的阴沟里去的。

实例也就是上面所引的文章,其实是,那论法,和顽固先生,市井无赖,看见青年穿洋服,学外国话了,便冷笑道:"可惜鼻子还低,脸孔也不白"的那些话,并没有两样的。

自然,刘先生所反对的是"太欧化"。但"太"的范围是怎样的呢?他举出的前二法,古文上没有,谈话里却能有的,对人口谈,也都可以懂。只有将"子曰"改成"曰子"是决不能懂的了。然而他在他所反对的欧化文中也寻不出实例来,只好说是"'子曰'终没有能欧化到'曰子'!"那么,这不是"无的放矢"吗?

欧化文法的侵入中国白话中的大原因,并非因为好奇,乃是为了必要。国粹学家痛恨鬼子气,但他住在租界里,便会写些"霞飞路""麦特赫司脱路"那样的怪地名;评论者何尝要好奇,但他要说得精密,固有的白话不够用,便只得采些外国的句法。比较的难懂,不像茶淘饭似的可以一口吞下去是真的,但补这缺点的是精密。胡适先生登在《新青年》上的"易卜生主义",比起近时的有些文艺论文来,的确容易懂,但我们不觉得它却又粗浅，笼统吗？

如果嘲笑欧化式白话的人，除嘲笑之外，再去试一试绍介外国的精密的论著，又不随意改变，删削，我想，他一定还能够给我们更好的箴规。

用玩笑来应付敌人，自然也是一种好战法，但触着之处，须是对手的致命伤，否则，玩笑终不过是一种单单的玩笑而已。

附：

文公直给康伯度的信

伯度先生：

今天读到先生在《自由谈》刊布的大作，知道为西人侵略张目的急先锋（汉奸）仍多，先生以为欧式文化的风行，原因是"必要"。这我真不知是从哪里说起。中国人虽无用，但是话总是会说的。如果一定要把中国话取消，要乡下人也"密司忒"起来，这不见得是中国文化上的"必要"吧。譬如照华人的言语说，张甲说："今天下雨了。"李乙说："是的，天凉了。"若照尊论主张，就应该改作："今天下雨了"，张甲说。"天凉了，——是的。"李乙说。这个算得是中华民国全族的"必要"吗？一般翻译大家的欧化文笔，已足阻尽中西文化的通路，使能读原文的人也不懂译文。再加上先生的"必要"，从此使中国更无可读的西书了。陈子展先生提倡的"大众语"，是天经地义的。中国人间应该说中国话，总是绝对的。而先生偏要说欧化文法是必要！毋怪大名是"康伯度"，真十足加二的表现"买办心理"了。刘半农先生说："翻译是要使不懂外国文的人得读"；这是确切不移的定理。而先生大骂其半农，认为非使全中国人都以欧化文法为"必要"的性命不可！先生，现在暑天，你歇歇吧！帝国主义的灭绝华人的毒气弹，已经制成无数了。先生要做买办尽管做，只求不必将全个民族出卖。我是一个不懂颠倒式的欧化文式的愚人！对于先生的盛意提倡，几乎疑惑先生已不是敝国人了。今特负责请问先生为甚么投这文化的毒瓦斯？是否受了帝国主义者的指使？总之，四万万四千九百万（陈先生以外）以内的中国人对于先生的主张不敢领教的！幸先生注意。

文公直

康伯度答文公直

公直先生：

中国语法里要加一点欧化，是我的一种主张，并不是"一定要把中国话取消"，也没有"受了帝国主义者的指使"，可是先生立刻加给我"汉奸"之类的重罪名，自己代表了"四万万四千九百万（陈先生以外）以内的中国人"，要杀我的头了。我的主张也许会错的，不过一来就判死罪，方法虽然很时髦，但也似乎过分了一点。况且我看"四万万四千九百万（陈先生以外）以内的中国人"，意见也未必都和先生相同，先生并没有征求过同意，你是冒充代表的。

中国语法的欧化并不就是改学外国话，但这些粗浅的道理不想和先生多谈了。我不怕热，倒是因为无聊。不过还要说一回：我主张中国语法上有加些欧化的必要。这主张，是由事实而来的。中国人"话总是会说的"，一点不错，但要前进，全照老样却不够。眼前的例，就如先生这几百个字的信里面，就用了两回"对于"，这和古文无关，是后来起于直译的欧化语法，而且连"欧化"这两个字也是欧化字；还用着一个"取消"，这是纯粹日本词；一个"瓦斯"，是德国字的原封不动的日本人的音译。都用得很惬当，而且是"必要"的。譬如"毒瓦斯"罢，倘用中国固有的话的"毒气"，就显得含混，未必一定是毒弹里面的东西了。所以写作"毒瓦斯"，的确是出乎"必要"的。

先生自己没有照镜子，无意中也证明了自己也正是用欧化语法，用鬼子名词的人，但我看先生决不是"为西人侵略张目的急先锋（汉奸）"，所以也想由此证明我也并非那一伙。否则，先生含狗血喷人，倒先污了你自己的尊口了。

我想，辩论事情，威吓和诬陷，是没有用处的。用笔的人，一来就发你的脾气，要我的性命，更其可笑得很。先生还是不要暴躁，静静地再看着自己的信，想想自己，何如？

专此布覆，并请

热安。

　　　　　　　　　　　　弟康伯度脱帽鞠躬。

玩笑只当它玩笑（下）

康伯度

别一支讨伐白话的生力军，是林语堂先生。他讨伐的不是白话的"反而难懂"，是白话的"鲁里鲁苏"，连刘先生似的想白话"返朴归真"的意思也全没有，要达意，只有"语录式"（白话的文言）。

林先生用白话武装了出现的时候，文言和白话的斗争早已道去了，不像刘先生那样，自己是混战中的过来人，因此也不免有感怀旧日，慨叹末流的情绪。他一闪而将宋明语录，摆在"幽默"的旗子下，原也极其自然的。

这"幽默"便是《论语》四十五期里的《一张字条的写法》，他因为要问木匠讨一点油灰，写好了一张语录体的字条，但怕别人说他"反对白话"，便改写了白话的、选体的、桐城派的三种，然而都很可笑，结果是差"书僮"传话，向木匠讨了油灰来。

《论语》是风行的刊物，这里省烦不抄了。总之，是：不可笑的只有语录式的一张，别的三种，全都要不得。但这四个不同的角色，其实是都是林先生自己一个人扮出来的，一个是止生，就是"语录式"，别的三个都是小丑，自装鬼脸，自作怪相，将正生衬得一表非凡了。

但这已经并不是"幽默"，乃是"顽笑"，和市井间的在墙上画一乌龟，背上写上他的所讨厌的名字的战法，也并不两样的。不过看见的人，却往往不问是非，就嗤笑被画者。

"幽默"或"顽笑"，也都要生出结果来的，除非你心知其意，只当它"顽笑"看。

因为事实会并不如文章，例如这语录式的条子，在中国其实也并未断绝过种子。假如有工夫，不妨到上海的弄口去看一看，有时就会看见一个摊，坐着一位文人，在替男女工人写信，他所用的文章，决不如林先生所拟的条子的容易懂，然而分明是"语录式"的。这就是现在从新提起的语录派的末流，却并没有谁去涂白过他的鼻子。

这是一个具体的"幽默"。

但是，要赏识"幽默"也真难。我曾经从生理学来证明过中国打屁股之合理：假使屁股是为了排泄或坐坐而生的罢，就不必这么大，脚底要小得远，不是足够支持全身了么？我们现在早不吃人了，肉也用不着这么多。那么，可见是专供打打之用的了。有时告诉人们，大抵以为是"幽默"。但假如有被打了的人，或自己遭了打，我想，恐怕那感应就不能这样了罢。

没有法子，在大家都不适意的时候，恐怕终于是"中国没有幽默"的了。

做文章

朔 尔

沈括的《梦溪笔谈》里，有云："往岁士人，多尚对偶为文，穆修张景辈始为平文，当时谓之'古文'。穆张尝同造朝，待旦于东华门外，方论文次，适见有奔马，践死一犬，二人各记其事以较工拙。穆修曰：'马逸，有黄犬，遇蹄而毙。'张景曰：'有犬，死奔马之下。'时文体新变，二人之语皆拙涩，当时已谓之工，传之至今。"

骈文后起，唐虞三代是不骈的，称"平文"为"古文"便是这意思，由此推开去，如果古者言文真是不分，则称"白话文"为"古文"，似乎也无所不可，但和林语堂先生的指为"白话的文言"的意思又不同。两人的大作，不但拙涩，主旨先就不一，穆说的是马踏死了犬，张说的是犬给马踏死了，究竟是着重在马，还是在犬呢？较明白稳当的还是沈括的毫不经意的文章："有奔马，践死一犬。"

因为要推倒旧东西，就要着力。太着力，就要"做"，太"做"，便不但"生涩"，有时简直是"格格不吐"了，比早经古人"做"得圆熟了的旧东西还要坏。而字数论旨，都有些限制的"花边文学"之类，尤其容易生这生涩病。

太做不行，但不做，却又不行。用一段大树和四枝小树做一只凳，在现在，未免太毛糙，总得曝光它一下才好。但如全体雕花，中间挖空，却又坐不来，也不成其为凳子了。高尔基说，大众语是毛胚，加了工的是文学，我想，这该是很中肯的指示了。

看书琐记

馮 于

高尔基很惊服巴尔扎克小说里写对话的巧妙，以为并不描写人物的模样，却能使读者看了对话，便好像目睹了说话的那些人。（八月份《文学》内《我的文学修养》）

中国还没有那样好手段的小说家，但《水浒》和《红楼梦》的有些地方，是能使读者由说话看出人来的。其实，这也并非什么奇特的事情，在上海的弄堂里，租一间小房子住着的人，就时时可以体验到。他和周围的住户，是不一定见过面的，但只隔一层薄板壁，所以有些人家的眷属和客人的谈话，尤其是高声的谈话，都大略可以听到，久而久之，就知道那里有那些人，而且仿佛觉得那些人是怎样的人了。

如果删除了不必要之点，只摘出各人的有特色的谈话来，我想，就可以使别人从谈话里推见每个说话的人物。但我并不是说，这就成了中国的巴尔扎克。

作者用对话表现人物的时候，恐怕在他自己的心目中，是存在着这人物的模样的，于是传给读者，使读者的心目中也形成了这人物的模样。但读者所推见的人物,却并不一定和作者所设想的相同,巴尔扎克的小胡须的清瘦老人,到了高尔基的头里,也许变了粗蛮壮大的络腮胡子。不过那性格、言动,一定有些类似,大致不差,恰如将法文翻成了俄文一样。要不然,文章这东西便没有普遍性了。

文学虽然有普遍性,但因读者的体验的不同而有变化,读者倘没有类似的体验,它也就失去了效力。譬如我们看《红楼梦》,从文字上推见了林黛玉这一个人,但须排除了梅博士的"黛玉葬花"照相的先入之见,另外想一个,那么,恐怕会想到剪头发、穿印度绸衫、清瘦、寂寞的摩登女郎;或者别的什么模样,我不能断定。但试去和三四十年前出版的《红楼梦图咏》之类里面的画像比一比罢,一定是截然两样的,那上面所画的,是那时的读者的心目中的林黛玉。

文学有普遍性,但有界限;也有较为永久的,但因读者的社会体验而生变化。北极的遏斯吉摩人和非洲腹地的黑人,我以为是不会懂得"林黛玉型"的;健全而合理的好社会中人,也将不能懂得,他们大约要比我们的听讲始皇焚书,黄巢杀人更其隔膜。一有变化,即非永久,说文学独有仙骨,是做梦的人们的梦话。

看书琐记（二）

焉 于

就在同时代，同国度里，说话也会彼此说不通的。

巴比塞有一篇很有意思的短篇小说，叫作《本国话和外国话》，记的是法国的一个阔人家里招待了欧战中出死入生的三个兵，小姐出来招呼了，但无话可说，勉勉强强地说了几句，他们也无话可答，倒只觉坐在阔房间里，小心得骨头疼。直到溜回自己的"猪窠"里，他们这才遍身舒齐，有说有笑，并且在德国俘虏里，由手势发见了说他们的"我们的话"的人。

因了这经验，有一个兵便模模糊糊地想："这世间有两个世界，一个是战争的世界。别一个是有着保险箱门一般的门，礼拜堂一般干净的厨房，漂亮的房子的世界，完全是另外的世界，另外的国度。那里面，住着古怪想头的外国人。"

那小姐后来就对一位绅士说的是："和他们是连话都谈不来的。好像他们和我们之间，是有着跳不过的深渊似的。"

其实，这也无须小姐和兵们是这样。就是我们——算作"封建余孽"或"买办"或别的什么而论都可以——和几乎同类的人，只要什么地方有些不同，又得心口如一，就往往免不了彼此无语可说。不过我们中国人是聪明的，有些人早已发明了一种万应灵药，就是"今天天气……哈哈哈！"倘是宴会，就只猜拳，不发议论。

这样看来，文学要普遍而且永久，恐怕实在有些艰难。"今天天气……哈哈哈！"虽然有些普遍，但能否永久，却很可疑，而且也不大像文学。于是高超的文学家便自己定了一条规则，将不懂他的"文学"的人们，都推出"人类"之外，以保持其普遍性。文学还有别的性，他是不肯说破的，因此也只好用这手段。然而这么一来，"文学"存在，"人"却不多了。

于是而据说文学愈高超，懂得的人就愈少，高超之极，那普遍性和永久性便只汇集于作者一个人。然而文学家却又悲哀起来，说是吐血了，这真是没有法子想。

趋时和复古

康伯度

　　半农先生一去世，也如朱湘、庐隐两位作家一样，很使有些刊物热闹了一番。这情形，会延得多么长久呢，现在也无从推测。但这一死，作用却好像比那两位大得多：他已经快要被封为复古的先贤，可用他的神主来打"趋时"的人们了。

　　这一打是有力的，因为他既是作古的名人，又是先前的新党。以新打新，就如以毒攻毒，胜于搬出生锈的古董来。然而笑话也就埋伏在这里面。为什么呢？就为了半农先生就是一位以"趋时"而出名的人。

　　古之青年，心目中有了刘半农三个字，原因并不在他擅长音韵学，或是常做打油诗，是在他跳出鸳蝴派，骂倒王敬轩，为一个"文学革命"阵中的战斗者。然而那时有一部分人，却毁之为"趋时"。时代到底好像有些前进，光阴流过去，渐渐将这谥号洗掉了，自己爬上了一点，也就随和一些，终是终于成为干干净净的名人。但是，"人伯出名猪怕壮"，他这时也要成为包起来作为医治新的"趋时"病的药料了。

这并不是半农先生独个的苦境，旧例着实有。广东举人多得很，为什么康有为独独那么有名呢，因为他是公车上书的头儿。戊戌政变的主角，趋时；留英学生也不稀罕，严复的姓名还没有消失，就在先前认真地译过好几部鬼子书，趋时；清末，治朴学的不止太炎先生一个人，而他的声名，远在孙诒让之上者，其实是为了他提倡种族革命，趋时，而且还"造反"。后来"时"也"趋"了过来。他们就成为活的纯正的先贤。但是，晦气也夹屁股跟到，康有为永定为复辟的祖师，袁皇帝要严复劝进，孙传芳大帅也来请太炎先生投壶了。原是拉车前进的好身手，腿肚大，臂膊也粗，这回还是请他拉，拉还是拉，然而是拉车屁股向后，这里只好用古文，"呜呼哀哉，尚飨"了。

我并不在讥刺半农先生曾经"趋时"，我这里所用的是普通所谓"趋时"中的一部分："前驱"的意思。他虽然自认"没落"，其实是战斗过来的，只要敬爱他的人，多发挥这一点，不要七手八脚，专门把他拖进自己所喜欢的油或泥里去做金字招牌就好了。

安贫乐道法

史 贲

孩子是要别人教的，毛病是要别人医的，即使自己是教员或医生。但做人处世的法子，却恐怕要自己斟酌，许多别人开来的良方，往往不过是废纸。

劝人安贫乐道是古今治国平天下的大经络，开过的方子也很多，但都没有十全大补的功效。因此新方子也开不完，新近就看见了两种，但我想：恐怕都不大妥当。

一种是教人对于职业要发生兴趣，一有兴趣，就无论什么事，都乐此不倦了。当然，言之成理的，但到底须是轻松一点的职业。且不说掘煤、挑粪那些事，就是上海工厂里做工至少每天十点的工人，到晚快边就一定筋疲力倦，受伤的事情是大抵出在那时候的。"健全的精神，宿于健全的身体之中"，连自己的身体也顾不转了，怎么还会有兴趣？——除非他爱兴趣比性命还厉害。倘若问他们自己罢，我想，一定说是减少工作的时间，做梦也想不到发生兴趣法的。

还有一种是极其彻底的：说是大热天气，阔人还忙于应酬，汗流浃背，穷人却挟了一条破席，铺在路上，脱衣服，浴凉风，其乐无穷，这叫作"席卷天下"。这也是一张少见的富有诗趣的药方，不过也有煞风景在后面。快要秋凉了，一早到马路上去走走，看见手捧肚子，口吐黄水的就是那些"席卷天下"的前任活神仙。大约眼前有福，偏不去享的大愚人，世上究竟是不多的，如果精穷真是这么有趣，现在的阔人一定首先躺在马路上，而现在的穷人的席子也没有地方铺开来了。

上海中学会考的优良成绩发表了，有《衣取蔽寒食取充腹论》，其中有一段——

"……若德业已立，则虽饔飧不继，捉襟肘见，而其名德足传于后，精神生活，将充足发展，又何患物质生活之不足耶？人生真谛，固在彼而不在此也。……"（由《新语林》第三期转录）

这比题旨更进了一步，说是连不能"充腹"也不要紧的。但中学生所开的良方，对于大学生就不适用，同时还是出现了要求职业的一大群。

事实是毫无情面的东西，它能将空言打得粉碎。有这么的彰明较著，其实，据我的愚见，是大可以不必再玩"之乎者也"了——横竖永远是没有用的。

奇 怪

白 道

世界上有许多事实，不看记载，是天才也想不到的。非洲有一种土人，男女的避忌严得很，连女婿遇见丈母娘，也得伏在地上，而且还不够，必须将脸埋进土里去。这真是虽是我们礼义之邦的"男女七岁不同席"的古人，也万万比不上的。

这样看来，我们的古人对于分隔男女的设计，也还不免是低能儿！现在总跳不出古人的圈子，更是低能之至，不同泳，不同行，不同食，不同做电影，都只是"不同席"的演绎。低能透顶的是还没有想到男女同吸着相通的空气，从这个男人的鼻孔里呼出来，又被那个女人从鼻孔里吸进去，淆乱乾坤，实在比海水只触着皮肤更为严重。对于这一个严重问题倘没有办法，男女的界限就永远分不清。

我想，这只好用"西法"了。西法虽非国粹，有时却能够帮助国粹的。例如无线电播音，是摩登的东西，但早晨有和尚念经，却不坏；汽车固然是洋货，坐着去打麻将，却总比坐绿呢大轿，好半天才到的打得多几圈。以此类推，防止男女同吸空气就可以用防毒面具，各背一个箱，将养气由管子通到自己的鼻孔里，既免抛头露面，又兼防空演习，也就是"中学为体，西学为用。"凯末尔将军治国以前的土耳其女人的面幕，这回可也万万比不上了。

假使现在有一个英国的斯惠夫德似的人，做一部《格利佛游记》那样的讽刺的小说，说在二十世纪中，到了一个文明的国度，看见一群人在烧香拜龙，作法求雨，赏鉴"胖女"，禁毙乌龟；又一群人在正正经经地研究古代舞法，主张男女分途，以及女人的腿应该不许其露出。那么，远处，或是将来的人，恐怕大抵要以为这是作者贫嘴薄舌，随意捏造，以挖苦他所不满的人们的罢。

然而这的确是事实。倘没有这样的事实，大约无论怎样刻薄的天才作家也想不到的。幻想总不能怎样的出奇，所以人们看见了有些事，就有叫作"奇怪"这一句话。

奇怪（二）

白　道

尤墨君先生以教师的资格参加着讨论大众语，这意见是极该看重的。他主张"使中学生练习大众语"，还举出"中学生作文最喜用而又最误用的许多时髦字眼"来，说"最好叫他们不要用"，待他们将来能够辨别时再说，因为是与其"食新不化，何如禁用于先"的。现在摘一点所举的"时髦字眼"在这里——

共鸣　对象　气压　温度　结晶　彻底　趋势　理智　现实　下意识　相对性　绝对性　纵剖面　横剖面　死亡率……（《新语林》三期）

但是我很奇怪。

那些字眼，几乎算不得"时髦字眼"了。如"对象""现实"等，只要看看书报的人，就时常遇见，一常见，就会比较而得其意义，恰如孩子懂话，并不依靠文法教科书一样；何况在学校中，还有教员的指点。至于"温度""结晶""纵剖面""横剖面"等，也是科学上的名词，中学的物理学矿物学植物学教科学里就有，和用于国文上的意义并无不同。现在竟"最误用"，莫非自己既不思索，教师也未给指点，而且连别的科学也一样的模糊吗？

那么，单是中途学了大众语，也不过是一位中学出身的速成大众，于大众有什么用处呢？大众得需要中学生，是因为他教育程度比较的高，能够给大家开拓知识，增加语汇，能解明的就解明，该新添的就新添；他对于"对象"等等的界说，就先要弄明白，当必要时，有方言可以替代，就译换，倘没有，便教给这新名词，并且说明这意义。如果大众语既是半路出家，新名词也还不很明白，这"落伍"可真是"彻底"了。

我想，为大众而练习大众语，倒是不该禁用那些"时髦字眼"的，最要紧的是教给他定义，教师对于中学生，和将来中学生的对于大众一样。譬如"纵断面"和"横断面"，解作"直切面"和"横切面"，就容易懂；倘说就是"横锯面"和"直锯面"，那么，连木匠学徒也明白了，无须识字。禁，是不好的，他们中有些人将永远模糊，"因为中学生不一定个个能升入大学而实现其做文豪或学者的理想的"。

迎神和咬人

越 侨

报载余姚的某乡，农民们因为旱荒，迎神求雨，看客有带帽的，便用刀棒乱打他一通。

这是迷信，但是有根据的。汉先儒董仲舒先生就有祈雨法，什么用寡妇、关城门、乌烟瘴气，其古怪与道士无异，而未尝为今儒所订正。虽在通都大邑，现在也还有天师作法，长官禁屠，闹得沸反盈天，何尝惹出一点口舌？至于打帽，那是因为恐怕神看见还很有人悠然自得，不垂哀怜；一面则也憎恶他的不与大家共患难。

迎神，农民们的本意是在救死的——但可惜是迷信，——但除此之外，他们也不知道别一样。

报又载有一个六十多岁的老党员，出而劝阻迎神，被大家一顿打，终于咬断了喉管，死掉了。

这是妄信，但是也有根据的。《精忠说岳全传》说张俊陷害忠良，终被众人咬死，人心为之大快。因此乡间就向来有一个传说，谓咬死了人，皇帝必赦，因为怨恨而至于咬，则被咬者之恶，也就可想而知了。我不知道法律，但大约民国以前的律文中，恐怕也未必有这样的规定罢。

咬人，农民们的本意是在逃死的——但可惜是妄信，——但除此之外，他们也不知道别一样。

想救死，想逃死，适所以自速其死，哀哉！

自从由帝国成为民国以来，上层的改变是不少了，无教育的农民，却还未得到一点什么新的有益的东西，依然是旧日的迷信，旧日的讹传，在拼命的救死和逃死中自速其死。

这回他们要得到"天讨"，他们要骇怕，但因为不解"天讨"的缘故，他们也要不平。待到这骇怕和不平忘记了，就只有迷信讹传剩着，待到下一次水旱灾荒的时候，依然是迎神，咬人。

这悲剧何时完结呢？

附记：

旁边加上黑点的三句，是印了出来的时候，全被删去了的。是总编辑，还是检查官的斧削，虽然不得而知，但在自己记得原稿的作者，却觉得非常有趣。他们的意思，大约是以为乡下人的意思——虽然是妄信——还不如不给大家知道，要不然，怕会发生流弊，有许多喉管也要危险的。

看书琐记（三）

馬 于

创作家大抵憎恶批评家的七嘴八舌。

记得有一位诗人说过这样的话：诗人要做诗，就如植物要开花，因为他非开不可的缘故。如果你摘去吃了，即使中了毒，也是你自己错。

这比喻很美，也仿佛很有道理的。但再一想，却也有错误。错的是诗人究竟不是一株草，还是社会里的一个人；况且诗集是卖钱的，何尝可以白摘。一卖钱，这就是商品，买主也有了说好说歹的权利了。

即使真是花罢，倘不是开在深山幽谷，人迹不到之处，如果有毒，那是园丁之流就要想法的。花的事实，也并不如诗人的空想。

现在可以换了一个说法了，连并非作者，也憎恶了批评家，他们里有的说道：你这么会说，那么，你倒来做一篇试试看！

这真要使批评家抱头鼠窜。因为批评家兼能创作的人，向来是很少的。

我想，作家和批评家的关系，颇有些像厨司和食客，厨司做出一味食品来，食客就要说话，或是好，或是歹，厨司如果觉得不公平，可以看看他是否神经病，是否厚舌苔，是否挟凤嫌，是否想赖账。或者他是否广东人，想吃蛇肉；是否四川人，还要辣椒。于是提出解说或抗议来——自然，一声不响也可以。但是，倘若他对着客人大叫道："那么，你去做一碗来给我吃吃看！"那却未免有些可笑了。

诚然，四五年前，用笔的人以为一做批评家，便可以高踞文坛，所以速成和乱评的也不少，但要矫正这风气，是须用批评的批评的，只在批评家这名目上，涂上烂泥，并不是好办法。不过我们的读书界，是爱平和的多，一见笔战，便是什么"文坛的悲观"呀，"文人相轻"呀，甚至于不问是非，统谓之"互骂"，指为"漆黑一团糟"。果然，现在是听不见说谁是批评家了。但文坛呢，依然如故，不过它不再露出来。

文艺必须有批评；批评如果不对了，就得用批评来抗争，这才能够使文艺和批评一同前进。如果一律掩住嘴，算是文坛已经干净，那所得的结果倒是要相反的。

"大雪纷飞"

张　沛

人们遇到要支持自己的主张的时候，有时会用一枝粉笔去搪对手的脸，想把他弄成丑角模样，来衬托自己是正生。但那结果，却常常适得其反。

章士钊先生现在是在保障民权了，段政府时代，他还曾经保障文言。他造过一个实例，说倘将"二桃杀三士"用白话写作"两个桃子杀了三个读书人"，是多么的不行。这回李焰生先生反对大众语文，也赞成"静珍君之所举，'大雪纷飞'总比那'大雪一片一片纷纷地下着'来得简要而有神韵，酌量采用，是不能与提倡文言文相提并论"的。

我也赞成必不得已的时候，大众语文可以采用文言，白话，甚至于外国话，而且在事实上，现在也已经在采用。但是，两位先生代译的例子，却是很不对劲的。那时的"士"，并非一定是"读书人"，早经有人指出了，这回的"大雪纷飞"里，也没有"一片一片"的意思，这不过特地弄得累赘，掉着要大众语丢脸的枪花。

　　白话并非文言的直译，大众语也并非文言或白话的直译。在浙江，倘要说出"大雪纷飞"的意思来，是并不用"大雪一片一片纷纷地下着"的，大抵用"凶""猛"或"厉害"，来形容这下雪的样子。倘要"对证古本"，则《水浒传》里的一句"那雪正下得紧"，就是接近现代的大众语的说法，比"大雪纷飞"多两个字，但那"神韵"却好得远了。

　　一个人从学校跳到社会的上层，思想和言语，都一步一步地和大众离开，那当然是"势所不免"的事。不过他倘不是从小就是公子哥儿，曾经多少和"下等人"有些相关，那么，回心一想，一定可以记得他们有许多赛过文言文或白话文的好话。如果自造一点丑恶，来证明他的敌对的不行，那只是他从隐蔽之处挖出来的自己的丑恶，不能使大众羞，只能使大众笑。大众虽然知识没有读书人的高，但他们对于胡说的人们，却有一个谥法：绣花枕头。这意义，也许只有乡下人能懂的了，因为穷人塞在枕头里面的，不是鸭绒，是稻草。

汉字和拉丁化

仲　度

　　反对大众语文的人，对主张者得意地命令道："拿出货色来看"！一面也有这样的老实人，毫不问他是诚意，还是寻开心，立刻拼命地来做标本。

　　由读书人来提倡大众语，当然比提倡白话困难。因为提倡白话时，好好坏坏，用的总算是白话，现在提倡大众语的文章却大抵不是大众话。但是，反对者是没有发命令的权利的。虽是一个残废人，倘在主张健康运动，他绝对没有错；如果提倡缠足，则即使是天足的壮健的女性，她还是在有意地或无意地害人。美国的水果大王，只为改良一种水果，尚且要费十来年的工夫，何况是问题大得多多的大众话。倘若就用他的矛去攻他的盾，那么，反对者该是赞成文言或白话的了，文言有几千年的历史，白话有近二十年的历史，他也拿出他的"货色"来给大家看看罢。

　　但是，我们也不妨自己来试验，在《动向》上，就已经有过三篇纯用土话的文章，胡绳先生看了之后，却以为还是非土话所写的句子来得清楚。其实，只要下一番工夫，是无论用土话写，都可以懂得的。据我个人的经验，我们那里的土话，和苏州很不同，但一部《海上花列传》，却教我"足不出户"地懂了苏白。先是不懂，硬着头皮看下去，参照记事，比较对话，后来就都懂了。自然，很困难。这困难的根，我以为就在汉字。每一个方块汉字，是都有它的意义的，现在用它来照样地写土话，有些是仍用本义的，有些却不过借音，于是我们看下去的时候，就得分析它哪几个是用义，哪几个是借音，惯了不打紧，开手却非常吃力了。

例如胡绳先生所举的例子，说"回到窝里向罢"也许会当作回到什么狗"窝"里去，反不如说"回到家里去"的清楚。那一句的病根就在汉字的"窝"字，实际上，恐怕是不该这么写法的。我们那里的乡下人，也叫"家里"作 Uwao-li，读书人去抄，也极容易写成"窝里"的，但我想，这 Uwao 其实是"屋下"两音的拼合，而又讹了一点，决不能用"窝"字随便来替代，如果只记下没有别的意义的音，就什么误解也不会有了。

大众语文的音数比文言和白话繁，如果还是用方块字来写，不但费脑力，也很费工夫，连纸墨都不经济。为了这方块的带病的遗产，我们的最大多数人，已经几千年做了文盲来殉难了，中国也弄到这模样，到别国已在人工造雨的时候，我们却还是拜蛇，迎神。如果大家还要活下去，我想：是只好请汉字来做我们的牺牲了。

现在只还有"书法拉丁化"的一条路。这和大众语文是分不开的。也还是从读书人首先试验起,先介绍过字母、拼法,然后写文章。开手是,像日本文那样,只留一点名词之类的汉字,而助词、感叹词,后来连形容词、动词也都用拉丁拼音写,那么,不但顺眼,对于了解也容易得远了。至于改作横行,那是当然的事。

这就是现在马上来实验,我以为也并不难。

不错,汉字是古代传下来的宝贝,但我们的祖先,比汉字还要古,所以我们更是古代传下来的宝贝。为汉字而牺牲我们,还是为我们而牺牲汉字呢?这是只要还没有丧心病狂的人,都能够马上回答的。

"莎士比亚"

苗　挺

严复提起过"狭斯丕尔",一提便完;梁启超说过"莎士比亚",也不见有人注意;田汉译了这人的一点作品,现在似乎不大流行了。到今年,可又有些"莎士比亚""莎士比亚"起来,不但杜衡先生由他的作品证明了群众的盲目,连拜服约翰生博士的教授也来译马克斯"牛克斯"的断片。为什么呢?将何为呢?

而且听说,连苏俄也要排演原本"莎士比亚"剧了。

不演还可,一要演却就给施蛰存先生看出了"丑态"——

"……苏俄最初是'打倒莎士比亚',后来是'改编莎士比亚',现在呢,不是要在戏剧季中'排演原本莎士比亚'了吗?(而且还要梅兰芳去演《贵妃醉酒》呢!)这种以政治方策运用之于文学的丑态,岂不令人齿冷!"(《现在》五卷五期,施蛰存《我与文言文》。)

苏俄太远,演剧季的情形我还不了然,齿的冷暖,暂且听便罢。但梅兰芳和一个记者的谈话,登在《大晚报》的《火炬》上，却没有说要去演《贵妃醉酒》。

施先生自己说："我自有生以来三十年，除幼稚无知的时代以外，自信思想及言行都是一贯的。……"（同前）这当然非常之好。不过他所"言"的别人的"行"，却未必一致，或者是偶然也会不一致的，如《贵妃醉酒》，便是目前的好例。

其实梅兰芳还没有动身，施蛰存先生却已经指定他要在"无产阶级"面前赤膊洗澡。这么一来，他们岂但"逐渐沾染了资产阶级的'余毒'"而已呢，也要沾染中国的国粹了。他们的文学青年，将来要描写宫殿的时候，会在《文选》与《庄子》里寻"词汇"也未可料的。

但是，做《贵妃醉酒》固然使施先生"齿冷"，不做一下来凑趣，也使预言家倒霉。两面都要不舒服，所以施先生又自己说："在文艺上，我一向是个孤独的人，我何敢多撄众怒？"（同前）

末一句是客气话，赞成施先生的其实并不少，要不然，能堂而皇之地在杂志上发表吗？——这"孤独"是很有价值的。

商贾的批评

及　锋

中国现今没有好作品，早已使批评家或胡评家不满，前些时还曾经探究过它的所以没有的原因。结果是没有结果。但还有新解释。林希隽先生说是因为"作家毁掉了自己，以投机取巧的手腕"去作"杂文"了，所以也害得做不成辛克莱或托尔斯泰（《现代》九月号）。还有一位希隽先生，却以为"在这资本主义的社会里头，……作家无形中也就成为商贾了。……为了获利较多的报酬起见，便也不得不采用'粗制滥造'的方法，再没有人殚精竭虑用苦工夫去认真创作了。"（《社会月报》九月号）

着眼在经济上，当然可以说是进了一步。但这"殚精竭虑用苦工夫去认真创作"出来的学说，和我们只有常识的见解是很不一样的。我们向来只以为用资本来获利的是商人，所以在出版界，商人是用钱开书店来赚钱的老板。到现在才知道用文章去卖有限的稿费的也是商人，不过是一种"无形中"的商人。农民省几斗米去出售，工人用筋力去换钱，教授卖嘴，妓女卖淫，也都是"无形中"的商人。只有买主不是商人了，但他的钱一定是用东西换来的，所以也是商人。于是"在这资本主义社会里头"，个个都是商人，但可分为在"无形中"和有形中的两大类。

用希隽先生自己的定义来断定他自己，自然是一位"无形中"的商人；如果并不以卖文为活，因此也无须"粗制滥造"，那么，怎样过活呢，一定另外在做买卖，也许竟是有形中的商人了，所以他的见识，无论怎么看，总逃不脱一个商人见识。

"杂文"很短，就是写下来的工夫，也决不要写《和平与战争》（这是照林希隽先生的文章抄下来的，原名其实是《战争与和平》）的那么长久，用力极少，是一点也不错的。不过也要有一点常识，用一点苦工，要不然，就是"杂文"，也不免更进一步地"粗制滥造"，只剩下笑柄。作品，总是有些缺点的。亚波理奈尔咏孔雀，说它翘起尾巴，光辉灿烂，但后面的屁股眼也露出来了。所以批评家的指摘是要的，不过批评家这时却也就翘起了尾巴，露出他的屁眼。但为什么还要呢，就因为它正面还有光辉灿烂的羽毛。不过倘使并非孔雀。仅仅是鹅鸭之流，它应该想一想翘起尾巴来，露出的只有些什么！

中秋二愿

白　道

前几天真是"悲喜交集"。刚过了国历的九一八，就是"夏历"的"中秋赏月"，还有"海宁观潮"。因为海宁，就又有人来讲"乾隆皇帝是海宁陈阁老的儿子"了。这一个满洲"英明之主"，原来竟是中国人掉的包，好不阔气，而且福气。不折一兵，不费一矢，单靠生殖机关便革了命，真是绝顶便宜。

中国人是尊家族，尚血统的，但一面又喜欢和不相干的人们去攀亲，我真不知道是什么意思。从小以来，什么"乾隆是从我们汉人的陈家悄悄地抱去的"呀，"我们元朝是征服了欧洲的"呀之类，早听得耳朵里起茧了。不料到得现在，纸烟铺子的选举中国政界伟人投票，还是列成吉思汗为其中之一人；开发民智的报章，还在讲满洲的乾隆皇帝是陈阁老的儿子。

古时候，女人的确去和过番；在演剧里，也有男人招为番邦的驸马，占了便宜，做得津津有味。就是近事，自然也还有拜侠客做干爷，给富翁当赘婿，陡了起来的，不过这不能算是体面的事情。男子汉，大丈夫，还当别有所能，别有所志，自恃着智力和另外的体力。要不然，我真怕将来大家又大说一通日本人是徐福的子孙。

一愿：从此不再胡乱和别人去攀亲。

但竟有人给文学也攀起亲来了，他说女人的才力，会因与男性的肉体关系而受影响，并举欧洲的几个女作家，都有文人做情人来作证据。于是又有人来驳他，说这是弗洛伊特说，不可靠。其实这并不是弗洛伊特说，他不至于忘记梭格拉第太太全不懂哲学，托尔斯泰太太不会做文章这些反证的。况且世界文学史上，有多少中国所谓"父子作家""夫妇作家"那些"肉麻当有趣"的人物在里面？因为文学和梅毒不同，并无霉菌，决不会由性交传给对手的。至于有"诗人"在钓一个女人，先捧之为"女诗人"，那是一种讨好的手段，并非他真传染给了她诗才。

二愿：从此眼光离开脐下三寸。

考场三丑

黄　棘

　　古时候，考试八股的时候，有三样卷子，考生是很失面子的，后来改考策论了，恐怕也还是这样子。第一样是"交白卷"，只写上题目，做不出文章，或者简直连题目也不写。然而这最干净，因为别的再没有什么枝节了。第二样是"抄刊文"，他先已有了侥幸之心，读熟或带进些刊本的八股去，倘或题目相合，便即照抄，想瞒过考官的眼。品行当然比"交白卷"的差了，但文章大抵是好的，所以也没有什么另外的枝节。第三样，最坏的是瞎写，不及格不必说，还要从瞎写的文章里，给人寻出许多笑话来。人们在茶余酒后作为谈资的，大概是这一种。

　　"不通"还不在其内，因为即使不通，他究竟是在看题目做文章了；况且做文章做到不通的境地也就不容易，我们对于中国古今文学家，敢保证谁决没有一句不通的文章呢？有些人自以为"通"，那是因为他连"通""不通"都不了然的缘故。

　　今年的考官之流，颇在讲些中学生的考卷的笑柄。其实这病源就在于瞎写。那些题目，是只要能够抄刊文，就都及格的。例如问十三经是什么，文天祥是哪朝人，全用不着自己来挖空心思做，一做，倒糟糕。于是使文人学士大叹国学之衰落，青年之不行，好像惟有他们是文林中的硕果似的，像煞有介事了。

但是，抄刊文可也不容易。假使将那些考官们锁在考场里，骤然问他几条较为陌生的古典，大约即使不瞎写，也未必不交白卷的。我说这话，意思并不在轻议已成的文人学士，只以为古典多，记不清不足奇，都记得倒古怪。古书不是很有些曾经后人加过注解的么？那都是坐在自己的书斋里，查群籍，翻类书，穷年累月，这才脱稿的，然而仍然有"未详"，有错误。现在的青年当然是无力指摘它了，但作证的却有别人的什么"补正"在；而且补而又补，正而又正者，也时或有之。

由此看来，如果能抄刊文，而又敷衍得过去，这人便是现在的大人物；青年学生有一些错，不过是平常人的本分而已，但竟为世诟病，我很诧异他们竟没有人呼冤。

又是"莎士比亚"

苗 挺

苏联将排演原本莎士比亚，可见"丑态"；马克思讲过莎士比亚，当然错误；梁实秋教授将翻译莎士比亚，每本大洋一千元；杜衡先生看了沙士比亚，"还再需要一点做人的经验"了。

我们的文学家杜衡先生，好像先前是因为没有自己觉得缺少"做人的经验"，相信群众的，但自从看了莎氏的《凯撒传》以来，才明白"他们没有理性，他们没有明确的利害观念：他们底感情是完全被几个煽动家所控制着，所操纵着"。（杜衡：《莎剧〈凯撒传〉里所表现的群众》，《文艺风景》创刊号所载。）自然，这是根据"莎剧"的，和杜先生无关，他自说现在也还不能判断它对不对，但是，觉得自己"还再需要一点做人的经验"，却已经明白无疑了。

这是《莎剧〈凯撒传〉里所表现的群众》对于杜衡先生的影响。但"杜文《莎剧〈凯撒传〉里所表现的群众》里所表现的群众"又怎样呢？和《凯撒传》里所表现的也并不两样——

125

"……这使我们想起在近几百年来的各次政变中所时常看到的，'鸡来迎鸡，狗来迎狗'式……那些可痛心的情形。……人类的进化究竟在哪儿呢？抑或我们这个东方古国至今还停滞在二千年前的罗马所曾经过的文明的阶段上呢？"

真的，"发思古之幽情"，往往为了现在。这一比，我就疑心罗马恐怕也曾有过有理性，有明确的利害观念，感情并不被几个煽动家所控制、所操纵的群众，但是被驱散，被压制，被杀戮了。莎士比亚似乎没有调查，或者没有想到，但也许是故意抹杀的，他是古时候的人，有这一手并不算什样玩把戏。

不过经他的贵手一取舍，杜衡先生的名文一发挥，却实在使我们觉得群众永远将是"鸡来迎鸡，狗来迎狗"的材料。倒还是被迎的有出息；"至于我，老实说"，还竟有些以为群众之无能与可鄙，远在"鸡""狗"之上的"心情"了。自然，这是正因为爱群众，而他们太不争气了的缘故——自己虽然还不能判断，但是，"这位伟大的剧作者是把群众这样看法的"呀，有谁不信，问他去罢！

点句的难

张 沛

看了《袁中郎全集校勘记》，想到了几句不关重要的话，是：断句的难。

前清时代，一个塾师能够不查他的秘本，空手点完了"四书"，在乡下就要算一位大学者，这似乎有些可笑，但是很有道理的。常买旧书的人，有时会遇到一部书，开首加过句读，夹些破句，中途却停了笔：他点不下去了。这样的书，价钱可以比干净的本子便宜，但看起来也真教人不舒服。

标点古书，印了出来，是起于"文学革命"时候的；用标点古文来试验学生，我记得好像是同时开始于北京大学，这真是恶作剧，使"莘莘学子"闹出许多笑话来。

这时候，只好一任那些反对白话，或并不反对白话而兼长古文的学者们讲风凉话。然而，学者们也要"技痒"的，有时就自己出手。一出手，可就有些糟了，有几句点不断，还有可原，但竟连极平常的句子也点了破句。

古文本来也常常不容易标点，譬如《孟子》里有一段，我们大概是这样读法的:"有冯妇者,善搏虎,卒为善士。则之野。有众逐虎。虎负隅,莫之敢撄。望见冯妇,趋而迎之。冯妇攘臂下车,众皆悦之,其为士者笑之"。但也有人说应该断为"卒为善,士则之,野有众逐虎……"的。这"笑"他的"士",就是先前"则"他的"士",要不然,"其为士"就太鹘突了。但也很难决定究竟是哪一面对。

不过倘使是调子有定的词曲,句子相对的骈文,或并不艰深的明人小品,标点者又是名人学士,还要闹出一些破句,可未免令人不遭蚊子叮,也要起疙瘩了。嘴里是白话怎样坏,古文怎样好,一动手,对古文就点了破句,而这古文又是他正在竭力表扬的古文。破句,不就是看不懂的分明的标记么?说好说坏,又从哪里来的?

标点古文真是一种试金石,只消几点几圈,就把真颜色显出来了。

但这事还是不要多谈好,再谈下去,我怕不久会有更高的议论,说标点是"随波逐流"的玩意,有损"性灵",应该排斥的。

奇怪（三）

白　道

"中国第一流作家"叶灵凤和穆时英两位先生编辑的《文艺画报》的大广告，在报上早经看见了。半个多月之后，才在店头看见这"画报"。既然是"画报"，看的人就自然也存着看"画报"的心，首先来看"画"。

不看还好，一看，可就奇怪了。

戴平万先生的《沈阳之旅》里，有三幅插图有些像日本人的手笔，记了一记，哦，原来是日本杂志店里，曾经见过的在《战争版书集》里的料治朝鸣的本刻，是为纪念他们在奉天的战胜而作的，日本纪念他对中国的战胜的作品，却就是被战胜国的作者的作品的插图——奇怪一。

再翻下去是穆时英先生的《墨绿衫的小姐》里，有三幅插画有些像麦绥莱勒的手笔，黑白分明，我曾从良友公司翻印的四本小书里记得了他的作法，而这回的本刻上的署名，也明明是 FM 两个字。莫非我们"中国第一流作家"的这作品，是像先翻成法文，托麦绥莱勒刻了插画来的吗？——奇怪二。

这回是文字，《世界文坛了望台》了。开头就说，"法国的龚果尔奖金，去年出人意外地（白注：可恨！）颁给了一部以中国作题材的小说《人的命运》，它的作者是安得烈·马尔路"，但是，"或者由于立场的关系，这书在文字上总是受着赞美，而在内容上却一致地被一般报纸评论攻击，好像惋惜像马尔路这样才干的作家，何必也将文艺当作了宣传的工具"云。这样一"了望"，"好像"法国的为龚果尔奖金审查文学作品的人的"立场"，乃是赞成"将文艺当作了宣传工具"的了——奇怪三。

不过也许这只是我自己的"少见多怪"，别人倒并不如此的。先前的"见怪者"，说是"见怪不怪，其怪自败"，现在的"怪"却早已声明着，叫你"见莫怪"了。开卷就有《编者随笔》在——

"只是每期供给一点并不怎样沉重的文字和图画，使对于文艺有兴趣的读者能醒一醒被其他严重的问题所疲倦了的眼睛，或者破颜一笑，只是如此而已。"

原来"中国第一流作家"的玩着先前活剥"琵亚词侣"，今年生吞麦绥莱勒的小玩艺，是在大才小用，不过要给人"醒一醒被其他严重的问题所疲倦了的眼睛，或者破颜一笑"。如果再从这醒眼的"文艺画"上又发生了问题，虽然并不"严重"，不是究竟也辜负了两位"中国第一流作家"献技的苦心吗？

那么，我也来"破颜一笑"吧——

哈！

略论梅兰芳及其他（上）

张　沛

　　崇拜名伶原是北京的传统。辛亥革命后，伶人的品格提高了，这崇拜也干净起来。先只有谭叫天在剧坛上称雄，都说他技艺好，但恐怕也还夹着一点势利，因为他是"老佛爷"——慈禧太后赏识过的。虽然没有人给他宣传，替他出主意，得不到世界的名声，却也没有人来为他编剧本。我想，这不来，是带着几分"不敢"的。

　　后来有名的梅兰芳可就和他不同了。梅兰芳不是生，是旦，不是皇家的供奉，是俗人的宠儿，这就使士大夫敢于下手了。士大夫是常要夺取民间的东西的，将竹枝词改成文言，将"小家碧玉"作为姨太太，但一沾着他们的手，这东西也就跟着他们灭亡。他们将他从俗众中提出，罩上玻璃罩，做起紫檀架子来。教他用多数人听不懂的话，缓缓的《天女散花》，扭扭的《黛玉葬花》，先前是他做戏的，这时却成了戏为他而做，凡有新编的剧本，都只为了梅兰芳，而且是士大夫心目中的梅兰芳。雅是雅了，但多数人看不懂。不要看，还觉得自己不配看了。

士大夫们也在日见其消沉，梅兰芳近来颇有些冷落。

因为他是旦角，年纪一大，势必至于冷落的吗？不是的，老十三旦七十岁了，一登台，满座还是喝彩。为什么呢？就因为他没有被士大夫据为己有，罩进玻璃罩。

名声的起灭，也如光的起灭一样，起的时候，从近到远，灭的时候，远处倒还留着余光。梅兰芳的游日、游美，其实已不是光的发扬，而是光在中国的收敛。他竟没有想到从玻璃罩里跳出，所以这样地搬出去，还是这样地搬回来。

他未经士大夫帮忙时候所做的戏，自然是俗的，甚至于猥下，肮脏，但是泼刺，有生气。待到化为"天女"，高贵了，然而从此死板板，矜持得可怜。看一位不死不活的天女或林妹妹，我想，大多数人是倒不如看一个漂亮活动的村女的，她和我们相近。

然而梅兰芳对记者说，还要将别的剧本改得雅一些。

略论梅兰芳及其他（下）

张　沛

　　而且梅兰芳还要到苏联去。

　　议论纷纷。我们的大画家徐悲鸿教授也曾到墨斯科去画过松树——也许是马，我记不真切了——国内就没有谈得这么起劲。这就可见梅兰芳博士之在艺术界，确是超人一等的了。

　　而且累得《现代》的编辑室里也紧张起来。首座编辑施蛰存先生曰："而且还要梅兰芳去演《贵妃醉酒》呢！"（《现代》五卷五期。）要这么大叫，可见不平之极了，倘不预先知道性别，是会令人疑心生了脏臊症的。次座编辑杜衡先生曰："据正鉴定的工作完毕，则不妨选几个最前进的戏先到莫斯科去宣传为梅兰芳先生'转变'后的个人的创作。……因为照例，到苏联去的艺术家，是无论如何应该事先表示一点'转变'的。"（《文艺画报》创刊号。）这可冷静得多了，一看就知道他手段高妙，足使齐如山先生自愧弗及。赶紧来请帮忙——帮忙的帮忙。

　　但梅兰芳先生却正在说中国戏是象征主义，剧本的字句要雅一些，他其实倒是为艺术而艺术，他也是一位"第三种人"。

那么，他是不会"表示一点'转变'的"，目前还太早一点。他也许用别一个笔名，做一篇剧本，描写一个知识阶级，总是专为艺术，总是不问俗事，但到末了，他却究竟还在革命这一方面。这就活动得多了，不到末了，花呀光呀，倘到末了，做这篇东西的也就是我呀，那不就在革命这一方面了吗？

但我不知道梅兰芳博士可会自己做了文章，却用别一个笔名，来称赞自己的做戏；或者虚设一社，出些什么《戏剧年鉴》，亲自作序，说自己是剧界的名人？倘使没有，那可是也不会玩这一手的。

倘不会玩，那可真要使杜衡先生失望，要他"再亮些"了。

还是带住罢，倘再"略论"下去，我也要防梅先生会说因为被批评家乱骂，害得他演不出好戏来。

骂杀与捧杀

阿　法

　　现在有些不满于文学批评的，总说近几年的所谓批评，不外乎捧与骂。

　　其实所谓捧与骂者，不过是将称赞与攻击，换了两个不好看的字眼。指英雄为英雄，说娼妇是娼妇，表面上虽像捧与骂，实则说得刚刚合适，不能责备批评家的。批评家的错处，是在乱骂与乱捧，例如说英雄是娼妇，举娼妇为英雄。

　　批评的失了威力，由于"乱"，甚而至于"乱"到和事实相反，这底细一被大家看出，那效果有时也就相反了。所以现在被骂杀的少，被捧杀的却多。

　　人古而事近的，就是袁中郎。这一班明末的作家，在文学史上，是自有他们的价值和地位的。而不幸被一群学者们捧了出来，颂扬，标点，印刷，"色借，日月借，烛借，青黄借，眼色无常。声借，钟鼓借，枯竹窍借……""借"得他一榻糊涂，正如在中郎脸上，画上花脸，却指给大家看，啧啧赞叹道："看哪，这多么'性灵'呀！"对于中郎的本质，自然是并无关系的，但在未经别人将花脸洗清之前，这"中郎"总不免招人好笑，大触其霉头。

人近而事古的，我记起了泰戈尔。他到中国来了，开坛讲演，人给他摆出一张琴，烧上一炉香，左有林长民，右有徐志摩，各各头戴印度帽。徐诗人开始介绍了："唵！叽哩咕噜，白云清风，银磬……当！"说得他好像活神仙一样，于是我们的地上的青年们失望，离开了。神仙和凡人，怎能不离开呢？但我今年看见他论苏联的文章，自己声明道："我是一个英国治下的印度人。"他自己知道得明明白白。大约他到中国来的时候，决不至于还糊涂，如果我们的诗人诸公不将他制成一个活神仙，青年们对于他是不至于如此隔膜的。现在可是老大的晦气。

以学者或诗人的招牌，来批评或介绍一个作者，开初是很能够蒙混旁人的，但待到旁人看清了这作者的真相的时候，却只剩了他自己的不诚恳，或学识的不够了。然而如果没有旁人来指明真相呢，这作家就从此被捧杀，不知道要多少年后才翻身。

读书忌

焉　于

　　记得中国的医书中，常常记载着"食忌"，就是说，某两种食物同食，是于人有害，或者足以杀人的，例如葱与蜜，蟹与柿子，落花生与王瓜之类。但是否真实，却无从知道，因为我从未听见有人实验过。

　　读书也有"忌"，不过与"食忌"稍不同。这就是某一类书决不能和某一类书同看，否则两者中之一必被克杀，或者至少使读者反而发生愤怒。例如现在正在盛行提倡的明人小品，有些篇的确是空灵的。枕边厕上，车里舟中，这真是一种极好的消遣品。然而先要读者的心里空空洞洞，混混茫茫。假如曾经看过《明季稗史》《痛史》，或者明末遗民的著作，那结果可就不同了，这两者一定要打起仗来，非打杀其一不止。我自以为因此很了解了那些憎恶明人小品的论者的心情。

　　这几天偶然看见一部屈大均的《翁山文外》，其中有一篇戊申（即清康熙八年）八月做的《自代北入京记》。他的文笔，岂在中郎之下呢？可是很有些地方是极有重量的，抄几句在这

137

里——

　　"……沿河行，或渡或否。往往见西夷毡帐。高低不一，所谓穹庐连属，如冈如阜者。男妇皆蒙古语；有卖干湿酪者，羊马者，牦皮者，卧两骆驼中者，坐奚车者，不鞍而骑者，三两而行，被戒衣，或红或黄，持小铁轮，念《金刚秽咒》者。其首领顶一柳筐，以盛马粪及木炭者，则皆中华女子。皆盘头跣足，垢面，反被毛袄。人与牛羊相枕籍，腥臊之气，皆余里不绝。"……

　　我想，如果看过这样的文章，想象过这样的情景，又没有完全忘记，那么，虽是中郎的《广庄》或《瓶史》，也断不能洗清积愤的，而且还要增加愤怒。因为这实在比中郎时代的他们互相标榜还要坏，他们还没有经历过扬州十日，嘉定三屠！

　　明人小品，好的；语录体也不坏，但我看《明季稗史》之类和明末遗民的作品却实在还要好，现在也正到了标点、翻印的时候了，给大家来清醒一下。

伪自由书

前　记

　　这一本小书里的，是从本年一月底起至五月中旬为止的寄给《申报》上的《自由谈》的杂感。

　　我到上海以后，日报是看的，却从来没有投过稿，也没有想到过，并且也没有注意过日报的文艺栏，所以也不知道《申报》在什么时候开始有了《自由谈》，《自由谈》里是怎样的文字。大约是去年的年底吧，偶然遇见郁达夫先生，他告诉我说，《自由谈》的编辑新换了黎烈文先生了，但他才从法国回来，人地生疏，怕一时集不起稿子，要我去投几回稿。我就漫应之曰：那是可以的。

　　对于达夫先生的嘱咐，我是常常"漫应之曰：那是可以的"的。直白地说罢，我一向很回避创造社里的人物。这也不只因为历来特别地攻击我，甚而至于施行人身攻击的缘故，大半倒在他们的一副"创造"脸。虽然他们之中，后来有的化为隐士，有的化为富翁，有的化为实践的革命者，有的也化为奸细，而在"创造"这一面大纛之下的时候，却总是神气十足，

141

好像连出汗打嚏，也全是"创造"似的。我和达夫先生见面得最早，脸上也看不出那么一种创造气，所以相遇之际，就随便谈谈；对于文学的意见，我们恐怕是不能一致的吧，然而所谈的大抵是空话。但这样的就熟识了，我有时要求他写一篇文章，他一定如约寄来，则他希望我做一点东西，我当然应该漫应日可以。但应而至于"漫"，我已经懒散得多了。

但从此我就看看《自由谈》，不过仍然没有投稿。不久，听到了一个传闻，说《自由谈》的编辑者为了忙于事务，连他夫人的临蓐也不暇照管，送在医院里，她独自死掉了。几天之后，我偶然在《自由谈》里看见一篇文章，其中说的是每日使婴儿看看遗照，给他知道曾有这样一个孕育了他的母亲。我立刻省悟了这就是黎烈文先生的作品，拿起笔，想做一篇反对的文章，因为我向来的意见，是以为倘有慈母，或是幸福，然若生而失母，却也并非完全的不幸，他也许倒成为更加勇猛，更无挂碍的男儿的。但是也没有竟做，改为给《自由谈》的投稿了，这就是这本书里的第一篇《崇实》；又因为我旧日的笔名有时不能通用，便改题了"何家干"，有时也用"干"或"丁萌"。

这些短评，有的由于个人的感触，有的则出于时事的刺戟，但意思都极平常，说话也往往很晦涩，我知道《自由谈》并非同人杂志，"自由"更当然不过是一句反话，我决不想在这上面去驰骋的。我之所以投稿，一是为了朋友的交情，一则在给寂寞者以呐喊，也还是由于自己的老脾气。然而我的坏处，是在论时事不留面子，砭锢弊常取类型，而后者尤与时宜不合。盖写类型者，于坏处，恰如病理学上的图，假如是疮疽，则这图便是一切某疮某疽的标本，或和某甲的疮有些相像，或和某乙的疽有点相同。而见者不察，以为所画的只是他某甲的疮，无端侮辱，于是就必欲制你画者的死命了。

例如我先前的论叭儿狗，原也泛无实指，都是自觉其有叭儿性的人们自来承认的。这要制死命的方法，是不论文章的是非，而先问作者是哪一个；也就是别的不管，只要向作者施行人身攻击了。自然，其中也并不全是含愤的病人，有的倒是代打不平的侠客。总之，这种战术，是陈源教授的“鲁迅即教育部金事周树人”开其端，事隔十年，大家早经忘却了，这回是王平陵先生告发于前，周木斋先生揭露于后，都是做着关于作者本身的文章，或则牵连而至于左翼文学者。此外为我所看见的还有好几篇，也都附在我的本文之后，以见上海有些所谓文学家的笔战，是怎样的东西，和我的短评本身，有什么关系。但另有几篇，是因为我的感想由此而起，特地并存以便读者的参考的。

我的投稿，平均每月八九篇，但到五月初，竟接连的不能发表了，我想，这是因为其时讳言时事而我的文字却常不免涉及时事的缘故。这禁止的是官方检查员，还是报馆总编辑呢，我不知道，也无须知道。现在便将那些都归在这一本里，其实

是我所指摘，现在都已由事实来证明的了，我那时不过说得略
早几天而已。是为序。

一九三三年七月十九夜，于上海寓庐，鲁迅记

观 斗

我们中国人总喜欢说自己爱和平，但其实，是爱斗争的，爱看别的东西斗争，也爱看自己们斗争。

最普通的是斗鸡，斗蟋蟀，南方有斗黄头鸟，斗画眉鸟，北方有斗鹌鹑，一群闲人们围着呆看，还因此赌输赢。古时候有斗鱼，现在变把戏的会使跳蚤打架。看今年的《东方杂志》，才知道金华又有斗牛，不过和西班牙却两样的，西班牙是人和牛斗，我们是使牛和牛斗。

任他们斗争着，自己不与斗，只是看。

军阀们只管自己斗争着，人民不与闻，只是看。

然而军阀们也不是自己亲身在斗争，是使兵士们相斗争，所以频年恶战，而头儿个个终于是好好的，忽而误会消释了，忽而杯酒言欢了，忽而共同御侮了，忽而立誓报国了，忽而……不消说，忽而自然不免又打起来了。

然而人民一任他们玩把戏，只是看。

但我们的斗士，只有对于外敌却是两样的：近的，是"不抵抗",远的,是"负弩前驱"云。

"不抵抗"在字面上已经说得明明白白。"负弩前驱"呢,弩机的制度早已失传了,必须待考古学家研究出来,制造起来,然后能够负,然后能够前驱。

还是留着国产的兵士和现买的军火,自己斗争下去吧。中国的人口多得很,暂时总有一些孑遗在看着的。但自然,倘要这样,则对于外敌,就一定非"爱和平"不可。

一九三三年一月二十四日

逃的辩护

古时候，做女人大晦气，一举一动，都是错的，这个也骂，那个也骂。现在这晦气落在学生头上了，进也挨骂，退也挨骂。

我们还记得，自前年冬天以来，学生是怎么闹的，有的要南来，有的要北上，南来北上，都不给开车。待到到得首都，顿首请愿，却不料"为反动派所利用"，许多头都恰巧"碰"在刺刀和枪柄上，有的竟"自行失足落水"而死了。验尸之后，报告书上说道，"身上五色"。我实在不懂。

谁发一句质问，谁提一句抗议呢？有些人还笑骂他们。

还要开除，还要告诉家长，还要劝进研究室。一年以来，好了，总算安静了。但不料榆关失了守，上海还远，北平却不行了，因为连研究室也有了危险。住在上海的人们想必记得的，去年二月的暨南大学，劳动大学，同济大学……研究室里还坐得住么？北平的大学生是知道的，并且有记性，这回不再用头来"碰"刺刀和枪柄了，也不再想"自行失足落水"，弄

147

得"身上五色"了，却发明了一种新方法，是：大家走散，各自回家。

这正是这几年来的教育显了成效。

然而又有人来骂了。童子军还在烈士们的挽联上，说他们"遗臭万年"。

但我们想一想罢：不是连语言历史研究所里的没有性命的古董都在搬家了么？不是学生都不能每人有一架自备的飞机么？能用本国的刺刀和枪柄"碰"得瘟头瘟脑，躲进研究室里去的，倒能并不瘟头瘟脑，不被外国的飞机大炮，炸出研究室外去么？

阿弥陀佛！

一九三三年一月二十四日

崇 实

事实常没有字面这么好看。

例如这《自由谈》，其实是不自由的，现在叫作《自由谈》，总算我们是这么自由地在这里谈着。

又例如这回北平的迁移古物和不准大学生逃难，发令的有道理，批评的也有道理，不过这都是些字面，并不是精髓。

倘说，因为古物古得很，有一无二，所以是宝贝，应该赶快搬走的吧。这诚然也说得通的。但我们也没有两个北平，而且那地方也比一切现存的古物还要古。禹是一条虫，那时的话我们且不谈吧，至于商周时代，这地方却确是已经有了的。为什么倒撇下不管，单搬古物呢？说一句老实话，那就是并非因为古物的"古"，倒是为了它在失掉北平之后，还可以随身带着，随时卖出铜钱来。

大学生虽然是"中坚分子"，然而没有市价，假使欧美的市场上值到五百美金一名口，也一定会装了箱子，用专车和古物一同运出北平，在租界上外国银行的保险柜子里藏起来的。

但大学生却多而新，惜哉！

费话不如少说，只剥崔颢《黄鹤楼》诗以吊之，曰——

　　阔人已骑文化去，此地空余文化城。

　　文化一去不复返，古城千载冷清清。

　　专车队队前门站，晦气重重大学生。

　　日薄榆关何处抗，烟花场上没人惊。

一九三三年一月三十一日

电的利弊

　　日本幕府时代，曾大杀基督教徒，刑罚很凶，但不准发表，世无知者。到近几年，乃出版当时的文献不少。曾见《切利支丹殉教记》，其中记有拷问教徒的情形，或牵到温泉旁边，用热汤浇身；或周围生火，慢慢地烤炙，这本是"火刑"，但主管者却将火移远，改死刑为虐杀了。

　　中国还有更残酷的。唐人说部中曾有记载，一县官拷问犯人，四周用火遥焙，口渴，就给他喝酱醋，这是比日本更进一步的办法。现在官厅拷问嫌疑犯，有用辣椒煎汁灌入鼻孔去的，似乎就是唐朝遗下的方法，或则是古今英雄，所见略同。曾见一个囚在反省院里的青年的信，说先前身受此刑，苦痛不堪，辣汁流入肺脏及心，已成不治之症，即释放亦不免于死云云。此人是陆军学生，不明内脏构造，其实倒挂灌鼻，可以由气管流入肺中，引起致死之病，却不能进入心中；大约当时因在苦楚中，知觉瞀乱，遂疑为已到心脏了。

　　但现在之所谓文明人所造的刑具，残酷又超出于此种方法万万。上海有电刑，一上，即遍身痛楚欲裂，遂昏去，少顷又醒，则又受刑。闻曾有连受七八次者，即幸而免死，亦从此牙齿皆摇动，神经亦变钝，不能复原。前年纪念爱迪生，许多人赞颂电报电话之有利于人，却没有想到同是一电，而有人得到这样的大害，福人用电气疗病、美容，而被压迫者却以此受苦、丧命也。

外国用火药制造子弹御敌，中国却用它做爆竹敬神；外国用罗盘针航海，中国却用它看风水；外国用鸦片医病，中国却拿来当饭吃。同是一种东西，而中外用法之不同有如此，盖不但电气而已。

一九三三年一月三十一日

航空救国三愿

现在各色的人们大喊着各种的救国，好像大家突然爱国了似的。其实不然，本来就是这样，在这样地救国的，不过现在喊了出来罢了。

所以银行家说贮蓄救国，卖稿子的说文学救国，画画儿的说艺术救国，爱跳舞的说寓救国于娱乐之中，还有，据烟草公司说，则就是吸吸马占山将军牌香烟，也未始非救国之一道云。

这各种救国，是像先前原已实行过来一样，此后也要实行下去的，决不至于五分钟。

只有航空救国较为别致，是应该刮目相看的，那将来也很难预测，原因是在主张的人们自己大概不是飞行家。

那么，我们不妨预先说出一点愿望来。

看过去年此时的上海报的人们恐怕还记得，苏州不是有一队飞机来打仗的么？后来别的都在中途"迷失"了，只剩下领队的洋烈士的那一架，双拳不敌四手，终于给日本飞机打落，累得他母亲从美洲路远迢迢地跑来，痛哭一场，带几个花圈而去。听说广州也有一队出发的，闺秀们还将诗词绣在小衫上，赠战士以壮行色。然而，可惜得很，好像至今还没有到。

所以我们应该在防空队成立之前，陈明两种愿望——

一、路要认清；

二、飞得快些。

还有更要紧的一层，是我们正由"不抵抗"以至"长期抵抗"而入于"心理抵抗"的时候，实际上恐怕一时未必和外国打仗，那时战士技痒了，而又苦于英雄无用武之地，不知道会不会炸弹倒落到手无寸铁的人民头上来的？

所以还得战战兢兢地陈明一种愿望，是——

三、莫杀人民！

一九三三年二月三日

不通两种

　　人们每当批评文章的时候，凡是国文教员式的人，大概是着眼于"通"或"不通"，《中学生》杂志上还为此设立了病院。然而做中国文其实是很不容易"通"的，高手如太史公马迁，倘将他的文章推敲起来，无论从文字，文法，修辞的任何一种立场去看，都可以发现"不通"的处所。

　　不过现在不说这些；要说的只是在笼统的一句"不通"之中，还可由原因而分为几种。大概的说，就是：有作者本来还没有通的，也有本可以通，而因了种种关系，不敢通，或不愿通的。

　　例如去年十月三十一日《大晚报》的记载"江都清赋风潮"，在《乡民二度兴波作浪》这一个巧妙的题目之下，述陈友亮之死云：

　　"陈友亮见官方军警中，有携手枪之刘金发，竟欲夺刘之手枪，当被子弹出膛，饮弹而毙，警察队亦开空枪一排，乡民始后退。……"

"军警"上面不必加上"官方"二字之类的费话，这里也且不说。最古怪的是子弹竟被写得好像活物，会自己飞出膛来似的。但因此而累得下文的"亦"字不通了。必须将上文改作"当被击毙"，才妥。倘要保存上文，则将末两句改为"警察队空枪亦一齐发声，乡民始后退"，这才铢两悉称，和军警都毫无关系。——虽然文理总未免有点稀奇。

现在，这样的稀奇文章，常常在刊物上出现。不过其实也并非作者的不通，大抵倒是恐怕"不准通"，因而先就"不敢通"了的缘故。头等聪明人不谈这些，就成了"为艺术的艺术"家；次等聪明人竭力用种种法，来粉饰这不通，就成了"民族主义文学"者，但两者是都属于自己"不愿通"，即"不肯通"这一类里的。

一九三三年二月三日

附：

因此引起的通论："最通的"文艺
王平陵

鲁迅先生最近常常用"何家干"的笔名，在黎烈文主编的《申报》的《自由谈》，发表不到五百字长的短文。好久不看见他老先生的文了，那种富于幽默性的讽刺的味儿，在中国的作家之林，当然还没有人能超过鲁迅先生。

不过，听说现在的鲁迅先生已跑到十字街头，站在革命的队伍里去了。那么，像他这种有闲阶级的幽默的作风，严格言之，实在不革命。我以为也应该转变一下才是！譬如：鲁迅先生不喜欢第三种人，讨厌民族主义的文艺，他尽可痛快地直说，何必装腔做势，吞吞吐吐，打这么许多弯儿。在他最近所处的环境，自然是除了那些恭颂苏联德政的献词以外，便没有更通的文艺的。他认为第三种人不谈这些，是比较最聪明的人；民族主义文艺者故意找出理由来文饰自己的不通，是比较次聪明的人。其言可谓尽深刻恶毒之能事。不过，现在最通的文艺，是不是仅有那些对苏联当局摇尾求媚的献词，不免还是疑问。如果先生们真是为着解放劳苦大众而呐喊，犹可说也；假使，仅仅是为着个人的出路，故意制造一块容易招摇的金字商标，以资号召而已。那么，我就看不出先生们的苦心孤行，比到被你们所不齿的第三种人，以及民族主义文艺者，究竟是高多少。

其实，先生们个人的生活，由我看来，并不

比到被你们痛骂的小资作家更穷苦些。当然，鲁迅先生是例外，大多数的所谓革命的作家，听说，常常在上海的大跳舞场，拉斐花园里，可以遇见他们伴着娇美的爱侣，一面喝香槟，一面吃朱古力，兴高采烈地跳着狐步舞，倦舞意懒，乘着雪亮的汽车，奔赴预定的香巢，度他们真个消魂的生活。明天起来，写"工人呵！""斗争呵！"之类的东西，拿去向书贾们所办的刊物换取稿费，到晚上，照样是生活在红绿的灯光下，沉醉着，欢唱着，热爱着。像这种优裕的生活，我不懂先生们还要叫什么苦，喊什么冤，你们的猫哭耗子的仁慈，是不是能博得劳苦大众的同情，也许，在先生们自己都不免是绝大的疑问吧！

如果中国人不能从文化的本身上做一点基础的工夫，就这样大家空喊一阵口号，胡闹一阵，我想，把世界上无论哪种最新颖最时髦的东西拿到中国来，都是毫无用处。我们承认现在的苏俄，确实是有了他相当的成功，但，这不是偶然。他们从前所遗留下来的一部分文化的遗产，是多么丰富，我们回溯到十月革命以前的俄国文学、音乐、美术、哲学、科学，哪一件不是已经到达国际文化的水准。他们有了这些充实的根基，才能产生现在这些学有根蒂的领袖。我们仅仅渴慕人家的成功而不知道努力文化的根本的建树，再等十年百年，乃至千年万年，中国还是这样，也许比现在更坏。

不错，中国的文化运动，也已有二十年的历史了。但是，在这二十年中，在文化上究竟收获到什么。欧美的名著，在中国是否能有一册比较可靠的译本，文艺上的各种派别，各种主义，我们是否都拿得出一种代表作，其他如科学上的发明，思想上的创造，是否能有一种值得我们记忆。唉！中国的文化低落到这步田地，还谈得到什么呢！

要是中国的文艺工作者，如不能从今天起，大家立誓做一番基本的工夫，多多地转运一些文艺的粮食，多多地树艺一些文艺的种子，我敢断言：在现代的中国，决不会产生"最通的"文艺的。

一九三三年二月二十日
《武汉日报》的《文艺周刊》

通论的拆通：官话而已

家干

这位王平陵先生我不知道是真名还是笔名？但看他投稿的地方，立论的腔调，就明白是属于"官方"的。一提起笔，就向上司下属，控告了两个人，真是十足的官家派势。

说话弯曲不得，也是十足的官话。植物被压在石头底下，只好弯曲地生长，这时俨然自傲的是石头。什么"听说"，什么"如果"，说得好不自在。听了谁说？如果不"如果"呢？"对苏联当局摇尾求媚的献词"是哪些篇？"倦舞意懒，乘着雪亮的汽车，奔赴预定的香巢"的"所谓革命作家"是哪些人呀？是的，曾经有人当开学之际，命大学生全体起立，向着鲍罗廷一鞠躬，拜得他莫名其妙；也曾经有人做过《孙中山与列宁》，说得他们俩真好像没有什么两样；至于聚敛享乐的人们之多，更是社会上大家周知的事实，但可惜那都并不是我们。平陵先生的"听说"和"如果"，都成了无的放矢，含血喷人了。

于是乎还要说到"文化的本身"上。试想就是几个弄弄笔墨的青年，就要遇到监禁、枪毙、失踪的灾殃，我做了六篇"不到五百字"的短评，便立刻招来了"听说"和"如果"的官话，叫作"先生们"，大有一网打尽之概。则做"基本的工夫"者，现在舍官许的"第三种人"和"民族主义文艺者"之外还能靠谁呢？

"唉!"

然而他们是做不出来的。现在只有我的"装腔作势，吞吞吐吐"的文章，倒正是这社会的产物。而平陵先生又责为"不革命"，好像他乃是真正老牌革命党，这可真是奇怪了。——但真正老牌的官话也正是这样的。

一九三三年七月十九日

赌　咒

"天诛地灭，男盗女娼"——是中国人赌咒的经典，几乎像诗云子曰一样。现在的宣誓，"誓杀敌，誓死抵抗，誓……"似乎不用这种成语了。

但是，赌咒的实质还是一样，总之是信不得。他明知道天不见得来诛他，地也不见得来灭他，现在连人参都"科学化地"含起电气来了，难道"天地"还不科学化么?! 至于男盗和女娼，那是非但无害，而且有益：男盗——可以多刮几层地皮；女娼——可以多弄几个"裙带官儿"的位置。

我的老朋友说：你这个"盗"和"娼"的解释都不是古义。我回答说——你知道现在是什么时代！现在是盗也摩登，娼也摩登，所以赌咒也摩登，变成宣誓了。

一九三三年二月九日

战略关系

首都《救国日报》上有句名言：

> 浸使为战略关系，须暂时放弃北平，以便引敌深入……

> 应严厉责成张学良，以武力制止反对运动，虽流血亦所不辞。

（见《上海日报》二月九日转载）

虽流血亦所不辞！勇敢哉战略大家也！

血的确流过不少，正在流的更不少，将要流的还不知道有多多少少。这都是反对运动者的血。为着什么？为着战略关系。

战略家在去年上海打仗的时候，曾经说："为战略关系，退守第二道防线"，这样就退兵；过了两天又说，为战略关系，"如日军不向我军射击，则我军不得开枪，着士兵一体遵照"，这样就停战。此后，"第二道防线"消失，上海和议开始，谈判，签字，完结。那时候，大概为着战略关系也曾经见过血；这是军机大事，小民不得而知，——至于亲自流过血的虽然知道，他们又已经没有了舌头。究竟那时候的敌人为什么没有"被诱深入"？

现在我们知道了：那次敌人所以没有"被诱深入"者，决不是当时战略家的手段太不高明，也不是完全由于反对运动者的血流得"太少"，而另外还有个原因：原来英国从中调停——暗地里和日本有了谅解，说是日本呀，你们的军队暂时退出上海，我们英国更进一步来帮你的忙，使满洲国不至于被国联否认，——这就是现在国联的什么什么草案，什么什么委员的态度。这其实是说，你不要在这里深入，——这里是有赃大家分，——你先到北方去深入再说。深入还是要深入，不过地点暂时不同。

因此，"诱敌深入北平"的战略目前就需要了。流血自然又要多流几次。

其实，现在一切准备停当，行都陪都色色俱全，文化古物和大学生，也已经各自乔迁。无论是黄面孔，白面孔，新大陆，旧大陆的敌人，无论这些敌人要深入到什么地方，都请深入罢。至于怕有什么反对运动，那我们的战略家："虽流血亦所不辞！"放心，放心。

一九三三年二月九日

附：

备考：奇文共赏

周敬侪

　　大人先生们把"故宫古物"看得和命（当然不是小百姓的命）一般坚决南迁，无非因为"古物"价值不止"连城"，并且容易搬动，容易变钱的原故，这也值得你们大惊小怪，冷嘲热讽！我正这样想着的时候，居然从首都一家报纸上见到赞成"古物南迁"的社论；并且建议"武力制止反对""流血在所不辞"，请求政府"保持威信""贯彻政策"！这样的宏词高论，我实在不忍使它湮没无闻，因特不辞辛苦，抄录出来，献给大众：

　　"……北平各团体之反对古物南迁，为有害北平将来之繁荣，此种自私自利完全蔑视国家利益之理由，北平各团体竟敢说出，吾人殊服其厚颜无耻，彼等只为北平之繁荣，必须以数千年古物冒全被敌人劫夺而去之大危险，所见未免太小，使政府为战略关系，须暂时放弃北平，以便引敌深入，聚而歼之，则古物必被敌人劫夺而去，试问将来北平之繁荣何由维持？故不如先行迁移，俟打倒日本，北平安如泰山后，再行迁回，北平各团体自私自利，固可恶可耻，其无远虑，亦可怜也，其反对迁移之又一理由，则谓政府应先顾全土地，此言似是而实非，盖放弃一部分土地供敌人一时之占领，以歼灭敌人，然后再行恢复，古今中外，其例甚多，如一八一二年之役，俄人不但放弃莫斯科，且将莫斯科烧毁，以困拿破仑，欧战时，比利时，塞尔维亚，皆放弃全部领土，供敌人蹂躏，卒将强德击破，盖领土被占，只须不与敌人媾和，签字于割让条约，则敌人固无如该土何，至于故宫古物，若不迁移，设不幸北平被敌人占领，将古物劫夺而去，试问中国将何法以恢复之，行见中国文明结晶，供敌人战利品，可耻孰甚，……最后吾人奉告政府，政府迁移古物之政策，既已决定，则不论遇如何阻碍，应求其贯彻，若一经无见识无远虑之群愚反对，即行中止，政府威信何在，故吾主张严责张学良，使以武力制止反对运动，若不得已，虽流血亦所不辞……"

一九三三年二月十三日，《申报·自由谈》

颂　萧

　　萧伯纳未到中国之前，《大晚报》希望日本在华北的军事行动会因此而暂行停止，呼之曰"和平老翁"。

　　萧伯纳既到香港之后，各报由"路透电"译出他对青年们的谈话，题之曰《宣传共产》。

　　萧伯纳"语路透访员曰，君甚不像华人，萧并以中国报界中人全无一人访之为异，问曰，彼等其幼稚至于未识余乎?"（十一日路透电）

　　我们其实是老练的，我们很知道香港总督的德政，上海工部局的章程，要人的谁和谁是亲友，谁和谁是仇雠，谁的太太的生日是哪一天，爱吃的是什么。但对于萧，——惜哉，就是作品的译本也只有三四种。

　　所以我们不能识他在欧洲大战以前和以后的思想，也不能深识他游历苏联以后的思想。但只就十四日香港"路透电"所传，在香港大学对学生说的"如汝在二十岁时不为赤色革命家，则在五十岁时将成不可能之僵石，汝欲在二十岁时成一赤色革命家，则汝可得在四十岁时不致落伍之机会"的话，就知道他的伟大。

但我所谓伟大的，并不在他要令人成为赤色革命家，因为我们有"特别国情"，不必赤色，只要汝今天成为革命家，明天汝就失掉了性命，无从到四十岁。我所谓伟大的，是他竟替我们二十岁的青年，想到了四五十岁的时候，而且并不离开了现在。

阔人们会搬财产进外国银行，坐飞机离开中国地面，或者是想到明天的罢；"政如飘风，民如野鹿"，穷人们可简直连明天也不能想了，况且也不准想，不敢想。

又何况二十年，三十年之后呢？这问题极平常，然而是伟大的。

此之所以为萧伯纳！

一九三三年二月十五日

附：

又招恼了大主笔：萧伯纳究竟不凡

"你们批评英国人做事，觉得没有一件事怎样的好，也没有一件事怎样的坏；可是你们总找不出哪一件事给英国人做坏了。他做事多有主义的。他要打

你，他提倡爱国主义来；他要抢你，他提出公事公办
的主义；他要奴役你，他提出帝国主义大道理；他要
欺侮你，他又有英雄主义的大道理；他拥护国王，有
忠君爱国的主义，可是他要斫掉国王的头，又有共和
主义的道理。他的格言是责任；可是他总不忘记一个
国家的责任与利益发生了冲突就要不得了。"

这是萧伯纳老先生在《命运之人》中批评英国人
的尖刻语。我们举这一个例来介绍萧先生，要读者认
识大伟人之所以伟大，也自有其秘诀在。这样子的冷
箭，充满在萧氏的作品中，令受者难堪，听者痛快，
于是萧先生的名言警句，家传户诵，而一代文豪也确
定了他的伟大。

借主义，成大名，这是现代学者一时的风尚，萧
先生有嘴说英国人，可惜没有眼估量自己。我们知道
萧先生是泛平主义的先进，终身拥护这渐进社会主
义，他的戏剧、小说、批评、散文中充塞着这种主义
的宣传品，萧先生之于社会主义，可说是个彻头彻尾
的忠实信徒。然而，我们又知道，萧先生是铢锱必较
的积产专家，是反对慈善事业最力的理论家，结果，
他坐拥着百万巨资面团团早成了个富家翁。萧先生唱
着平均资产的高调，为被压迫的劳工鸣不平，向寄生
物性质的资产家冷嘲热讽，因此而赢得全民众的同

情，一书出版，大家抢着买，一剧登场，一百多场做下去，不愁没有人看，于是萧先生坐在提倡共产主义的安乐椅里，笑嘻嘻地自鸣得意，借主义以成名，挂羊头卖狗肉的戏法，究竟巧妙无穷。

现在，萧先生功成名就，到我们穷苦的中国来玩玩了。多谢他提携后进的热诚，在香港告诉我们学生道："二十岁不为赤色革命家，五十岁要成僵石；二十岁做了赤色革命家，四十岁可不致落伍。"原来做赤色革命家的原因，只为自己怕做僵石，怕落伍而已；主义本身的价值如何，本来与个人的前途没有多大关系；我们要在社会里混出头，只求不僵，只求不落伍，这是现代人立身处世的名言，萧先生坦白言之，安得不叫我们五体投地，真不愧"圣之时者也"的现代孔子了。

然而，萧先生可别小看了这老大的中国，像你老先生这样时髦的学者，我们何尝没有。坐在安乐椅里发着尖刺的冷箭来宣传什么主义的，不须先生指教，戏法已耍得十分纯熟了。我想先生知道了，一定要莞尔而笑曰：

"我道不孤！"

然而，据我们愚蠢的见解，伟大人格的素质，重要的是个诚字。你信仰什么主义，就该诚挚地力行，

172

不该张大了嘴唱着好听。若说，萧先生和他的同志，真信仰共产主义的，就请他散尽了家产再说话。可是，话也得说回来，萧先生散尽了家产，真穿着无产同志的褴褛装束，坐着三等舱来到中国，又有谁去睬他呢？这样一想：

萧先生究竟不凡。

一九三三年二月十七日

也不佩服大主笔：前文的案语

这种"不凡"的议论的要点是：一、尖刻的冷箭，"令受者难堪，听者痛快"，不过是取得"伟大"的秘诀；二、这秘诀还在于"借主义，成大名，挂羊头，卖狗肉的戏法"；三、照《大晚报》的意见，似乎应当为着自己的"主义"——高唱"神武的大文"，"张开血盆似的大口"去吃人，虽在二十岁就落伍，就变为僵石，亦所不惜；四、如果萧伯纳不赞成这种"主义"，就不应当坐安乐椅，不应当有家财，赞成了那种主义，当然又当别论。可惜，这世界的崩溃，偏偏已经到了这步田地：——小资产的知识阶层分化出一些爱光明不肯落伍的人，他们向着革命的道路上开步走。他们利用自己的种种可能，诚恳地赞助革命的前进。他们在以前，也许客观上是资本主义社会关系的拥护者。但是，他们偏要变成资产阶级的"叛徒"。而叛徒常常比敌人更可恶。

卑劣的资产阶级心理，以为给了你"百万家财"，给了你世界的大名，你还要背叛，你还有什么不满意，"实属可恶之至"。这自然是"借主义，成大名"了。对于这种卑劣的市侩，每一件事情一定有一种物质上的荣华富贵的目的。这是道地的"唯物主义"——名利主义。萧伯纳不在这种卑劣心理的意料之中，所以可恶之至。

而《大晚报》还推论到一般的时代风尚，推论到中国也有"坐在安乐椅里发着尖刺的冷箭来宣传什么什么主义的，不须先生指教"。这当然中外相同的道理，不必重新解释了。可惜的是：独有那吃人的"主义"，虽然借用了好久，然而还是不能够"成大名"，呜呼！

至于可恶可怪的萧，——他的伟大，却没有因为这些人"受着难堪"，就缩小了些。所以像中国历代的离经叛道的文人似的，活该被皇帝判决"抄没家财"。

一九三三年二月十七日

《申报·自由谈》，原题《萧伯纳颂》

对于战争的祈祷——读书心得

热河的战争开始了。

三月一日——上海战争的结束的"纪念日",也快到了。

"民族英雄"的肖像一次又一次地印刷着,出卖着;而小兵们的血、伤痕、热烈的心,还要被人糟蹋多少时候?回忆里的炮声和几千里外的炮声,都使得我们带着无可如何的苦笑,去翻开一本无聊的,但是,倒也很有几句"警句"的闲书。这警句是:

"喂,排长,我们到底上哪里去哟?"——其中的一个问。

"走吧。我也不晓得。"

"丢那妈,死光就算了,走什么!"

"不要吵,服从命令!"

"丢那妈的命令!"

然而丢那妈归丢那妈,命令还是命令,走也当然还是走。四点钟的时候，中山路复归于沉寂，风和叶儿沙沙地响，月亮躲在青灰色的云海里，睡着，依旧不管人类的事。

这样，十九路军就向西退去。

（黄震遐：《大上海的毁灭》）

什么时候"丢那妈"和"命令"不是这样各归各，那就得救了。

不然呢？还有"警句"可以回答这个问题：

十九路军打，是告诉我们说，除掉空说以外，还有些事好做！

十九路军胜利，只能增加我们苟且、偷安与骄傲的迷梦！

十九路军死，是警告我们活得可怜、无趣！

十九路军失败，才告诉我们非努力，还是做奴隶的好！

（见同书）

这是警告我们，非革命，则一切战争，命里注定的必然要失败。现在，主战是人人都会的了——这是一二八的十九路军的经验：打是一定要打的，然而切不可打胜，而打死也不好，不多不少刚刚适宜的办法是失败。"民族英雄"对于战争的祈祷是这样的。而战争又的确是他们在指挥着，这指挥权是不肯让给别人的。战争，禁得起主持的人预定着打败仗的计划么？好像戏台上的花脸和白脸打仗，谁输谁赢是早就在后台约定了的。

呜呼，我们的"民族英雄"！

一九三三年二月二十五日

从讽刺到幽默

讽刺家，是危险的。

假使他所讽刺的是不识字者，被杀戮者，被囚禁者，被压迫者罢，那很好，正可给读他文章的所谓有教育的知识者嘻嘻一笑，更觉得自己的勇敢和高明。然而现今的讽刺家之所以为讽刺家，却正在讽刺这一流所谓有教育的知识者社会。

因为所讽刺的是这一流社会，其中的各分子便个个觉得好像刺着了自己，就一个个的暗暗地迎出来，又用了他们的讽刺，想来刺死这讽刺者。

最先是说他冷嘲，渐渐地又七嘴八舌地说他漫骂、俏皮话、刻毒、可恶、学匪、绍兴师爷，等等，等等。然而讽刺社会的讽刺，却往往仍然会"悠久得惊人"的，即使捧出了做过和尚的洋人或专办了小报来打击，也还是没有效，这怎不气死人也么哥呢！

枢纽是在这里：他所讽刺的是社会，社会不变，这讽刺就跟着存在，而你所刺的是他个人，他的讽刺倘存在，你的讽刺就落空了。

所以，要打倒这样的可恶的讽刺家，只好来改变社会。

然而社会讽刺家究竟是危险的，尤其是在有些"文学家"明明暗暗地成了"王之爪牙"的时代。人们谁高兴做"文字狱"中的主角呢，但倘不死绝，肚子里总还有半口闷气，要借着笑的幌子，哈哈地吐他出来。笑笑既不至于得罪别人，现在的法律上也尚无国民必须哭丧着脸的规定，并非"非法"，盖可断言的。

我想：这便是去年以来，文字上流行了"幽默"的原因，但其中单是"为笑笑而笑笑"的自然也不少。

然而这情形恐怕是过不长久的，"幽默"既非国产，中国人也不是长于"幽默"的人民，而现在又实在是难以幽默的时候。于是虽幽默也就免不了改变样子了，非倾于对社会的讽刺，即堕入传统的"说笑话"和"讨便宜"。

一九三三年三月二日

从幽默到正经

"幽默"一倾于讽刺，失了它的本领且不说，最可怕的是有些人又要来"讽刺"，来陷害了，倘若堕于"说笑话"，则寿命是可以较为长远，流年也大致顺利的，但愈堕愈近于国货，终将成为洋式徐文长。当提倡国货声中，广告上已有中国的"自造舶来品"，便是一个证据。

而况我实在恐怕法律上不久也就要有规定国民必须哭丧着脸的明文了。笑笑，原也不能算"非法"的。但不幸东省沦陷，举国骚然，爱国之士竭力搜索失地的原因，结果发现了其——是在青年的爱玩乐，学跳舞。当北海上正在嘻嘻哈哈地溜冰的时候，一个大炸弹抛下来，虽然没有伤人，冰却已经炸了一个大窟窿，不能溜之大吉了。

又不幸而榆关失守，热河吃紧了，有名的文人学士，也就更加吃紧起来，做挽歌的也有，做战歌的也有，讲文德的也有，骂人固然可恶，俏皮也不文明，要大家做正经文章，装正经脸孔，以补"不抵抗主义"之不足。

但人类究竟不能这么沉静，当大敌压境之际，手无寸铁，杀不得敌人，而心里却总是愤怒的，于是他就不免寻求敌人的替代。这时候，笑嘻嘻的可就遭殃了，因为他这时便被叫作"陈叔宝全无心肝"。所以知机的人，必须也和大家一样哭丧着脸，以免于难。"聪明人不吃眼前亏"，亦古贤之遗教也，然而这时也就"幽默"归天，"正经"统一了剩下的全中国。

明白这一节，我们就知道先前为什么无论贞女与淫女，见人时都得不笑不言；现在为什么送葬的女人，无论悲哀与否，在路上定要放声大叫。

这就是"正经"。说出来么，那就是"刻毒"。

一九三三年三月二日

王道诗话

　　"人权论"是从鹦鹉开头的。据说古时候有一只高飞远走的鹦哥儿，偶然又经过自己的山林，看见那里大火，它就用翅膀蘸着些水洒在这山上；人家说它那一点水怎么救得熄这样的大火，它说："我总算在这里住过的，现在不得不尽点儿心。"（事出《栎园书影》，见胡适《人权论集》序所引。）

　　鹦鹉会救火，人权可以粉饰一下反动的统治。这是不会没有报酬的。胡博士到长沙去演讲一次，何将军就送了五千元程仪。价钱不算小，这"叫作"实验主义。

　　但是，这火怎么救，在"人权论"时期（一九二九年——一九三〇年），还不十分明白，五千元一次的零卖价格做出来之后，就不同了。最近（今年二月二十一日）《字林西报》登载胡博士的谈话说：

　　"任何一个政府都应当有保护自己而镇压那些危害自己的运动的权利，固然，政治犯也和其他罪犯一样，应当得着法律的保障和合法的审判……"

这就清楚得多了！这不是在说"政府权"了么？自然，博士的头脑并不简单，他不至于只说："一只手拿着宝剑，一只手拿着经典！"如什么主义之类。他是说还应当拿着法律。

中国的帮忙文人，总有这一套秘诀，说什么王道、仁政。

你看孟夫子多么幽默，他教你离得杀猪的地方远远的，嘴里吃得着肉，心里还保持着不忍人之心，又有了仁义道德的名目。不但骗人，还骗了自己，真所谓心安理得，实惠无穷。

诗曰：

> 文化班头博士衔，人权抛却说王权，
> 朝廷自古多屠戮，此理今凭实验传。
>
> 人权王道两翻新，为感君恩奏圣明，
> 虐政何妨援律例，杀人如草不闻声。
>
> 先生熟读圣贤书，君子由来道不孤，
> 千古同心有孟子，也教肉食远庖厨。
>
> 能言鹦鹉毒于蛇，滴水微功漫自夸，
> 好向侯门卖廉耻，五千一掷未为奢。

一九三三年三月五日

伸　冤

李顿报告书采用了中国人自己发明的"国际合作以开发中国的计划"，这是值得感谢的，——最近南京市各界的电报已经"谨代表京市七十万民众敬致慰念之忱"，称他"不仅为中国好友，且为世界和平及人道正义之保障者"（三月一日南京中央社电）了。

然而李顿也应当感谢中国才好：第一，假使中国没有"国际合作学说"，李顿爵士就很难找着适当的措辞来表示他的意思。岂非共管没有了学理上的根据？第二，李顿爵士自己说的："南京本可欢迎日本之扶助以拒共产潮流"，他就更应当对于中国当局的这种苦心孤诣表示诚恳的敬意。

但是，李顿爵士最近在巴黎的演说（路透社二月二十日巴黎电），却提出了两个问题，一个是："中国前途，似系于如何，何时及何人对于如此伟大人力予以国家意识的统一力量，日内瓦乎，莫斯科乎？"还有一个是："中国现在倾向日内瓦，但若日本坚持其现行政策，而日内瓦失败，则中国纵非所愿，亦将变更其倾向矣。"这两个问题都有点儿侮辱中国的国家人格。国家者政府也。李顿说中国还没有"国家意识的统一力量"，甚至于还会变更其对于日内瓦之倾向！这岂不是不相信中国国家对于国联的忠心，对于日本的苦心？

为着中国国家的尊严和民族的光荣起见，我们要想答复李顿爵士已经好多天了，只是没有相当的文件。这使人苦闷得很。今天突然在报纸上发现了一件宝贝，可以拿来答复李大人，这就是"汉口警部三月一日的布告"。这里可以找着"铁一样的事实"，来反驳李大人的怀疑。

例如这布告（原文见《申报》三月一日汉口专电）说：

> 在外资下劳力之劳工，如劳资间有未解决之正当问题，应禀请我主管机关代表为交涉或救济，绝对不得直接交涉，违者拿办，或受人利用，故意以此种手段，构成严重事态者，处死刑。

这是说外国资本家遇见"劳资间有未解决之正当问题"，可以直接任意办理，而劳工方面如此这般者……就要处死刑。这样一来，我们中国就只剩得"用国家意识统一了的"劳工了。因为凡是违背这"意识"的，都要请他离开中国的"国家"——到阴间去。李大人难道还能够说中国当局不是"国家意识的统一力量"么？

再则统一这个"统一力量"的，当然是日内瓦，而不是莫斯科。"中国现在倾向日内瓦"，——这是李顿大人自己说的。我们这种倾向十二万分的坚定，例如那布告上也说：

> 如有奸民流痞受人诱买勾串，或直受驱使，或假托名义，以图破坏秩序安宁，与构成其他不利于我国家社会之重大犯行者，杀无赦。

这是保障"日内瓦倾向"的坚决手段，所谓"虽流血亦所不辞"。而且"日内瓦"是讲世界和平的，因此，中国两年以来都没有抵抗，因为抵抗就要破坏和平；直到一二八，中国也不过装出挡挡炸弹枪炮的姿势；最近的热河事变，中国方面也同样的尽在"缩短阵线"。不但如此，中国方面埋头剿匪，已经宣誓在一两个月内肃清匪共，"暂时"不管热河。

这一切都是要证明"日本……见中国南方共产潮流渐起，为之焦虑"是不必的，日本很可以无须亲自出马。中国方面这样辛苦地忍耐地工作着，无非是为着要感动日本，使它悔悟，达到远东永久和平的目的，国际资本可以在这里分工合作。而李顿爵士要还怀疑中国会"变更其倾向"，这就未免太冤枉了。

总之，"处死刑，杀无赦"，是回答李顿爵士的怀疑的历史文件。请放心罢，请扶助罢。

一九三三年三月七日

曲的解放

"词的解放"已经有过专号，词里可以骂娘，还可以"打打麻将"。

曲为什么不能解放，也来混账混账？不过，"曲"一解放，自然要"直"，——后台戏搬到前台——未免有失诗人温柔敦厚之旨，至于平仄不调，声律乖谬，还在其次。

《平津会》杂剧

（生上）：连台好戏不寻常：攘外期间安内忙。只恨热汤滚得快，未敲锣鼓已收场。

（唱）：

〔短柱天净纱〕热汤混账——逃亡！

装腔抵抗——何妨？

（旦上唱）：模仿中央榜样：

——整装西望，商量奔向咸阳。

（生）：你你你……低声！你看咱们那汤儿呀，他那里无心串演，我这里有口难分，一出好戏，就此糟糕，好不麻烦人也！

（旦）：那有什么：再来一出"查办"好了。咱们一夫一妇，一正一副，也还够唱的。

（生）：好罢！

（唱）：

〔颠倒阳春曲〕人前指定可憎张，骂一声，不抵抗！

（旦背人唱）：百忙里算甚糊涂账？只不过假装腔，便骂骂又何妨？

（丑携包裹急上）：阿呀呀，唅唅不得了了！

（旦抱丑介）：我儿呀，你这么心慌！你应当在前面多挡这么几挡，让我们好收拾收拾。

（唱）：

〔颠倒阳春曲〕背人搂定可怜汤，骂一声，枉抵抗。

戏台上露甚慌张相？只不过理行装，便等等又何妨？

（丑哭介）：你们倒要理行装！我的行装先就不全了，你瞧。（指包裹介）

（旦）：我儿快快走扶桑，

（生）：雷厉风行查办忙。

（丑）：如此牺牲还值得，堂堂大汉有风光。（同
下）

一九三三年三月九日

文学上的折扣

有一种无聊小报，以登载诬蔑一部分人的小说自鸣得意，连姓名也都给以影射的，忽然对于投稿，说是"如含攻讦个人或团体性质者恕不揭载"了，便不禁想到了一些事——凡我所遇见的研究中国文学的外国人中，往往不满于中国文章之夸大。这真是虽然研究中国文学，恐怕到死也还不会懂得中国文学的外国人。倘是我们中国人，则只要看过几百篇文章，见过十来个所谓"文学家"的行径，又不是刚刚"从民间来"的老实青年，就决不会上当。因为我们惯熟了，恰如钱店伙计的看见钞票一般，知道什么是通行的，什么是该打折扣的，什么是废票，简直要不得。

譬如说罢，称赞贵相是"两耳垂肩"，这时我们便至少将他打一个对折，觉得比通常也许大一点，可是决不相信他的耳朵像猪猡一样。说愁是"白发三千丈"，这时我们便至少将他打一个二万扣，以为也许有七八尺，但决不相信它会盘在顶上像一个大草囤。这种尺寸，虽然有些模糊，不过总不至于相差太远。反之，我们也能将少的增多，无的化有，例如戏台上走出四个拿刀的瘦伶仃的小戏子，我们就知道这是十万精兵；刊物上登载一篇俨乎其然的像煞有介事的文章，我们就知道字里行间还有看不见的鬼把戏。

又反之，我们并且能将有的化无，例如什么"枕戈待旦"呀，"卧薪尝胆"呀，"尽忠报国"呀，我们也就即刻会看成白纸，恰如还未定影的照片，遇到了日光一般。

但这些文章，我们有时也还看。苏东坡贬黄州时，无聊之至，有客来，便要他谈鬼。客说没有。东坡道："你姑且胡说一通罢。"我们的看，也不过这意思。但又可知道社会上有这样的东西，是费去了多少无聊的眼力。人们往往以为打牌，跳舞有害，实则这种文章的害还要大，因为一不小心，就会给它教成后天的低能儿的。

《颂》诗早已拍马，《春秋》已经隐瞒，战国时谈士蜂起，不是以危言耸听，就是以美词动听，于是夸大、装腔、撒谎，层出不穷。现在的文人虽然改着了洋服，而骨髓里却还埋着老祖宗，所以必须取消或折扣，这才显出几分真实。

"文学家"倘不用事实来证明他已经改变了他的夸大、装腔、撒谎……的老脾气，则即使对天立誓，说是从此要十分正经，否则天诛地灭，也还是徒劳的。因为我们也早已看惯了许多家都钉着"假冒王麻子灭门三代"的金漆牌子的了，又何况他连小尾巴也还在摇摇摇呢。

一九三三年三月十二日

迎头经

中国现代圣经——迎头经曰："我们……要迎头赶上去，不要向后跟着。"

传曰：追赶总只有向后跟着，普通是无所谓迎头追赶的，然而圣经决不会错，更不会不通，何况这个年头一切都是反常的呢。所以赶上偏偏说迎头，向后跟着，那就说不行！

现在通行的说法是："日军所至，抵抗随之"，至于收复失地与否，那么，当然"既非军事专家，详细计画，不得而知"。不错呀，"日军所至，抵抗随之"，这不是迎头赶上是什么！日军一到，迎头而"赶"：日军到沈阳，迎头赶上北平；日军到闸北，迎头赶上真茹；日军到山海关，迎头赶上塘沽；日军到承德，迎头赶上古北口……以前有过行都洛阳，现在有了陪都西安，将来还有"汉族发源地"昆仑山——西方极乐世界。至于收复失地云云，则虽非军事专家亦得而知焉，于经有之，曰"不要向后跟着"也。证之已往的上海战事，每到日军退守租界的时候，就要"严饬所部切勿越界一步"。这样，所谓迎头赶上和勿向后跟，都是不但见于经典而且证诸实验的真理了。右传之一章。

传又曰：迎头赶和勿后跟，还有第二种的微言大义——报载热河实况曰："义军皆极勇敢，认扰乱及杀戮日军为兴奋之事……唯张作相接收义军之消息发表后，张作相既不亲往抚慰，热汤又停止供给义军汽油，运输中断，义军大都失望，甚至有认替张作相立功为无谓者。""日军既至凌源，其时张作相已不在，吾人闻讯出走，热汤扣车运物已成目击之事实，证以日军从未派飞机至承德轰炸……可知承德实为妥协之放弃。"（张慧冲君在上海东北难民救济会席上所谈。）虽然据张慧冲君所说，"享名最盛之义军领袖，其忠勇之精神，未能悉如吾人之意想"，然而义军的兵士的确是极勇敢的小百姓。正因为这些小百姓不懂得圣经，所以也不知道迎头式的策略。于是小百姓自己，就自然要碰见迎头的抵抗了：热汤放弃承德之后，北平军委分会下令"固守古北口，如义军有欲入口者，即开枪迎击之"。这是说，我的"抵抗"只是随日军之所至，你要换个样子去抵抗，我就抵抗你；何况我的退后是预先约好了的，你既不肯妥协，那就只有"不要你向后跟着"而要把你"迎头赶上"梁山了。（右传之二章）

诗云："惶惶"大军，迎头而奔，"嗤嗤"小民，勿向后跟！赋也。

一九三三年三月十四日

这篇文章被检查员所指摘，经过改正，这才能在十九日的报上登出来了。

原文是这样的——

第三段"现在通行的说法"至"当然既"，原文为"民国二十二年春×三月某日，当局谈话曰：'日军所至，抵抗随之……至收复失地及反攻承德，须视军事进展如何而定，余'"。又"不得而知"下有注云：（《申报》三月十二日第三张）。

第五段"报载热河……"上有"民国二十二年春×三月"九字。

一九三三年三月十九夜记

"光明所到……"

　　中国监狱里的拷打，是公然的秘密。上月里，民权保障同盟曾经提起了这问题。

　　但外国人办的《字林西报》就揭载了二月十五日的《北京通信》，详述胡适博士曾经亲自看过几个监狱，"很亲爱的"告诉这位记者，说"据他的慎重调查，实在不能得最轻微的证据，……他们很容易和犯人谈话，有一次胡适博士还能够用英国话和他们会谈。监狱的情形，他（胡适博士——干注）说，是不能满意的，但是，虽然他们很自由的（哦，很自由的——干注）诉说待遇的恶劣侮辱，然而关于严刑拷打，他们却连一点儿暗示也没有。……"

　　我虽然没有随从这回的"慎重调查"的光荣，但在十年以前，是参观过北京的模范监狱的。虽是模范监狱，而访问犯人，谈话却很不"自由"，中隔一窗，彼此相距约三尺，旁边站一狱卒，时间既有限制，谈话也不准用暗号，更何况外国话。

　　而这回胡适博士却"能够用英国话和他们会谈",真是特别之极了。莫非中国的监狱竟已经改良到这地步,"自由"到这地步;还是狱卒给"英国话"吓倒了,以为胡适博士是李顿爵士的同乡,很有来历的缘故呢?

　　幸而我这回看见了《招商局三大案》上的胡适博士的题辞:

　　"公开检举,是打倒黑暗政治的唯一武器,光明所到,黑暗自消。"(原无新式标点,这是我僭加的——干注。)

　　我于是大彻大悟。监狱里是不准用外国话和犯人会谈的,但胡适博士一到,就开了特例,因为他能够"公开检举",他能够和外国人"很亲爱的"谈话,他就是"光明",所以"光明"所到,"黑暗"就"自消"了。他于是向外国人"公开检举"了民权保障同盟,"黑暗"倒在这一面。

　　但不知这位"光明"回府以后,监狱里可从此也永远允许别人用"英国话"和犯人会谈否?

　　如果不准,那就是"光明一去,黑暗又来"了也。

　　而这位"光明"又因为大学和庚款委员会的事务忙,不能常跑到"黑暗"里面去,在第二次"慎重调查"监狱之前,犯人们恐怕未必有"很自由的"再说"英国话"的幸福了罢。

　　呜呼,光明只跟着"光明"走,监狱里的光明世界真是暂时得很!

但是，这是怨不了谁的，他们千不该万不该是自己犯了"法"。"好人"就决不至于犯"法"。倘有不信，看这"光明"！

一九三三年三月十五日

止哭文学

前三年，"民族主义文学"家敲着大锣大鼓的时候，曾经有一篇《黄人之血》说明了最高的愿望是在追随成吉思皇帝的孙子拔都元帅之后，去剿灭"斡罗斯"。斡罗斯者，今之苏俄也。那时就有人指出，说是现在的拔都的大军，就是日本的军马，而在"西征"之前，尚须先将中国征服，给变成从军的奴才。

当自己们被征服时，除了极少数人以外，是很苦痛的。这实例，就如东三省的沦亡，上海的爆击，凡是活着的人们，毫无悲愤的怕是很少很少罢。但这悲愤，于将来的"西征"是大有妨碍的。于是来了一部《大上海的毁灭》，用数目字告诉读者以中国的武力，绝对不如日本，给大家平平心；而且以为活着不如死亡（"十九路军死，是警告我们活得可怜，无趣！"），但胜利又不如败退（"十九路军胜利，只能增加我们苟且，偷安与骄傲的迷梦！"）。总之，战死是好的，但战败尤其好，上海之役，正是中国的完全的成功。

现在第二步开始了。据中央社消息，则日本已有与满洲国签订一种"中华联邦帝国密约"之阴谋。那方案的第一条是："现在世界只有两种国家，一种系资本主义，英，美，日，意，法，一种系共产主义，苏俄。现在要抵制苏俄，非中日联合起来……不能成功"云。（详见三月十九日《申报》）

要"联合起来"了。这回是中日两国的完全的成功，是从"大上海的毁灭"走到"黄人之血"路上去的第二步。

固然，有些地方正在爆击，上海却自从遭到爆击之后，已经有了一年多，但有些人民不悟"西征"的必然的步法，竟似乎还没有完全忘掉前年的悲愤。这悲愤，和目前的"联合"就大有妨碍的。在这景况中，应运而生的是给人们一点爽利和慰安，好像"辣椒和橄榄"的文学。这也许正是一服苦闷的对症药罢。为什么呢？就因为是"辣椒虽辣，辣不死人，橄榄虽苦，苦中有味"的。明乎此，也就知道苦力为什么吸鸦片。

而且不独无声地苦闷而已，还据说辣椒是连"讨厌的哭声"也可以停止的。王慈先生在《提倡辣椒救国》这一篇名文里告诉我们说：

> ……还有北方人自小在母亲怀里，大哭的时候，倘使母亲拿一只辣茄子给小儿咬，很灵验的可以立止大哭……
>
> 现在的中国，仿佛是一个在大哭时的北方婴孩，倘使要制止他讨厌的哭声，只要多多地给他辣茄

子咬。

（《大晚报》副刊第十二号）

辣椒可以止小儿的大哭，真是空前绝后的奇闻，倘是真的，中国人可实在是一种与众不同的特别"民族"了。然而也很分明地看见了这种"文学"的企图，是在给人一辣而不死，"制止他讨厌的哭声"，静候着拔都元帅。

不过，这是无效的，远不如哭则"格杀勿论"的灵验。此后要防的是"道路以目"了，我们等待着遮眼文学罢。

一九三三年三月二十日

附：

备考：提倡辣椒救国

王 慈

记得有一次跟着一位北方朋友上天津点心馆子里去，坐定了以后，堂倌跑过来问道：

"老乡！吃些什么东西？"

"两盘锅贴儿！"那位北方朋友用纯粹的北方口音说。

随着锅贴儿端来的，是一盆辣椒。

我看见那位北方朋友把锅贴和着多量的辣椒津津

有味地送进嘴里去，触起了我的好奇心，探险般地把一个锅贴悄悄地蘸上一点儿辣椒，送下肚去，只觉得舌尖顿时麻木得失了知觉，喉间痒辣得怪难受，眼眶里不自主涌着泪水，这时，我大大地感觉到痛苦。

那位北方朋友看见了我这个样子，大笑了起来，接着他告诉我，北方人的善吃辣椒是出于天性，他们是抱着"饭菜可以不要，辣椒不能不吃"的主义的；他们对于辣椒已经是仿佛吸鸦片似的上了瘾！还有北方人自小在母亲怀里，大哭的时候，倘使母亲拿一只辣茄子给小儿咬，很灵验的可以立止大哭……

现在的中国，仿佛是一个大哭时的北方婴孩，倘使要制止他讨厌的哭声，只要多多地给辣茄子他咬。

中国的人们，等于我的那位北方朋友，不吃辣椒是不会兴奋的！

三月十二日，《大晚报》副刊《辣椒与橄榄》

硬要用辣椒止哭：

不要乱咬人　当心咬着辣椒

王　慈

上海近来多了赵大爷赵秀才一批的人，握了尺棒，拼命想找到"阿Q相"的人来出气。还好，这一批文人从有色的近视眼镜里望出来认为"阿Q相"的，偏偏不是真正的阿Q。

不知道是什么来历的何家干（即鲁迅），看了我的《提倡辣椒救国》（见本刊十二号），认北方小孩的爱嗜辣椒，为"空前绝后"的"奇闻"。倘使我那位北方朋友告诉我，是吹的牛皮，那么，的确可以说空前。而何家干既不是数千年前的刘伯温，在某报上做文章，却是像在造《推背图》。北方小孩子爱嗜辣椒，若使可以算是"奇闻"，那么吸鸦片的父母生育出来的婴孩，为什么也有烟瘾呢？

何家干既抓不到可以出气的对象，他在扑了一个空之后，却还要振振有词，说什么："倘使是真的，中国人可实在是一种与众不同的特别民族了。"

敢问何家干，戴了有色近视眼镜捧读《提倡辣椒救国》的时候，有没有看见"北方"两个字？（何家干既把有这两个字的句子，录在他的谈话里，显然的是看到了。）

既已看到了，那么，请问斯德丁是不是可以代表整个的日耳曼？亚伯丁是不是可以代表整个的不列颠群岛？

在这里我真怀疑，何家干的脑筋，怎的是这么简单？

会前后矛盾到这个地步！

赵大爷和赵秀才一类的人，想结党来乱咬人。我可以先告诉他们：我和《辣椒与橄榄》的编者是素不相识的，我也从没有写过《黄人之血》，请何家干若是一定要咬我一口，我劝他再架一副可以透视的眼镜，认清了目标再咬。

否则咬着了辣椒，哭笑不得的时候，我不能负责。

一九三三年三月二十八日

《大晚报》副刊《辣椒与橄榄》

但到底是不行的：这叫作愈出愈奇

斯德丁实在不可以代表整个的日耳曼的，北方也实在不可以代表全中国。然而北方的孩子不能用辣椒止哭，却是事实，也实在没有法子想。

吸鸦片的父母生育出来的婴孩，也有烟瘾，是的确的。

然而嗜辣椒的父母生育出来的婴孩，却没有辣椒瘾，和嗜醋者的孩子，没有醋瘾相同。这也是事实，无论谁都没有法子想。

　　凡事实，靠发少爷脾气是还是改不过来的。格里莱阿说地球在回旋，教徒要烧死他，他怕死，将主张取消了。但地球仍然在回旋。为什么呢？就因为地球是实在在回旋的缘故。

　　所以，即使我不反对，倘将辣椒塞在哭着的北方孩子的嘴里，他不但不止，还要哭得更加厉害的。

　　　　　　　　　　　　　　一九三三年七月十九日

"人话"

记得荷兰的作家望·蔼覃（F. Van Eeden）——可惜他去年死掉了——所做的童话《小约翰》里，记着小约翰听两种菌类相争论，从旁批评了一句"你们俩都是有毒的"，菌们便惊喊道："你是人么？这是人话呵！"

从菌类的立场看起来，的确应该惊喊的。人类因为要吃它们，才首先注意于有毒或无毒，但在菌们自己，这却完全没有关系，完全不成问题。

虽是意在给人科学知识的书籍或文章，为要讲得有趣，也往往太说些"人话"。这毛病，是连法布耳（J. H. Fabre）做的大名鼎鼎的《昆虫记》（*Souvenirs Entomologiques*），也是在所不免的。随手抄撮的东西不必说了。近来在杂志上偶然看见一篇教青年以生物学上的知识的文章，内有这样的叙述——

"鸟粪蜘蛛……形体既似鸟粪，又能伏着不动，自己假做鸟粪的样子。"

"动物界中，要残食自己亲丈夫的很多，但最有名的，要算前面所说的蜘蛛和现今要说的螳螂了。……"

这也未免太说了"人话"。鸟粪蜘蛛只是形体原像鸟粪，性又不大走动罢了，并非它故意装作鸟粪模样，意在欺骗小虫豸。螳螂界中也尚无五伦之说，它在交尾中吃掉雄的，只是肚子饿了，在吃东西，何尝知道这东西就是自己家的主公。

但经用"人话"一写，一个就成了阴谋害命的凶犯，一个是谋死亲夫的毒妇了。实则都是冤枉的。

"人话"之中，又有各种的"人话"：有英人话，有华人话。华人话中又有各种：有"高等华人话"，有"下等华人话"。浙西有一个讥笑乡下女人之无知的笑话——"是大热天的正午，一个农妇做事做得正苦，忽而叹道：'皇后娘娘真不知道多么快活。这时还不是在床上睡午觉，醒过来的时候，就叫道：太监，拿个柿饼来！'"

然而这并不是"下等华人话"，倒是高等华人意中的"下等华人话"，所以其实是"高等华人话"。在下等华人自己，那时也许未必这么说，即使这么说，也并不以为笑话的。

再说下去，就要引起阶级文学的麻烦来了，"带住"。

现在很有些人做书，格式是写给青年或少年的信。自然，说的一定是"人话"了。但不知道是哪一种"人话"。为什么不写给年龄更大的人们？年龄大了就不屑教诲么？还是青年和少年比较的纯厚，容易诓骗呢？

一九三三年三月二十一日

出卖灵魂的秘诀

几年前，胡适博士曾经玩过一套"五鬼闹中华"的把戏，那是说：这世界上并无所谓帝国主义之类在侵略中国，倒是中国自己该着"贫穷""愚昧"……等五个鬼，闹得大家不安宁。现在，胡适博士又发见了第六个鬼，叫作仇恨。这个鬼不但闹中华，而且祸延友邦，闹到东京去了。因此，胡适博士对症发药，预备向"日本朋友"上条陈。

据博士说："日本军阀在中国暴行所造成之仇恨，到今日已颇难消除""而日本决不能用暴力征服中国"（见报载胡适之的最近谈话，下同）。这是值得忧虑的：难道真的没有方法征服中国么？不，法子是有的。"九世之仇，百年之友，均在觉悟不觉悟之关系头上"，——"日本只有一个方法可以征服中国，即悬崖勒马，彻底停止侵略中国，反过来征服中国民族的心。"

这据说是"征服中国的唯一方法"。不错，古代的儒教军师，总说"以德服人者王，其心诚服也"。胡适博士不愧为日本帝国主义的军师。但是，从中国小百姓方面说来，这却是出卖灵魂的唯一秘诀。中国小百姓实在"愚昧"，原不懂得自己的"民族性"，所以他们一向会仇恨，如果日本陛下大发慈悲，居然采用胡博士的条陈，那么，所谓"忠孝仁爱信义和平"的中国固有文化，就可以恢复：——因为日本不用暴力而用软功的王道，中国民族就不至于再生仇恨，因为没有仇恨，自然更不抵抗，因为更不抵抗，自然就更和平，更忠孝……中国的肉体固然买到了，中国的灵魂也被征服了。

可惜的是这"唯一方法"的实行，完全要靠日本陛下的觉悟。如果不觉悟，那又怎么办？胡博士回答道："到无可奈何之时，真的接受一种耻辱的城下之盟"好了。那真是无可奈何的呵——因为那时候"仇恨鬼"是不肯走的，这始终是中国民族性的污点，即为日本计，也非万全之道。

因此，胡博士准备出席太平洋会议，再去"忠告"一次他的日本朋友：征服中国并不是没有法子的，请接受我们出卖的灵魂罢，何况这并不难，所谓"彻底停止侵略"，原只要执行"公平的"李顿报告——仇恨自然就消除了！

一九三三年三月二十二日

文人无文

在一种姓"大"的报的副刊上，有一位"姓张的"在"要求中国有为的青年，切勿借了'文人无行'的幌子，犯着可诟病的恶癖"。这实在是对透了的。但那"无行"的界说，可又严紧透顶了。据说："所谓无行，并不一定是指不规则或不道德的行为，凡一切不近人情的恶劣行为，也都包括在内。"

接着就举了一些日本文人的"恶癖"的例子，来作中国的有为的青年的殷鉴，一条是"宫地嘉六爱用指爪搔头发"，还有一条是"金子洋文喜舐嘴唇"。

自然，嘴唇干和头皮痒，古今的圣贤都不称它为美德，但好像也没有斥为恶德的。不料一到中国上海的现在，爱搔喜舐，即使是自己的嘴唇和头发罢，也成了"不近人情的恶劣行为"了。如果不舒服，也只好熬着。要做有为的青年或文人，真是一天一天地艰难起来了。

但中国文人的"恶癖"，其实并不在这些，只要他写得出文章来，或搔或舐，都不关紧要，"不近人情"的并不是"文人无行"，而是"文人无文"。

我们在两三年前，就看见刊物上说某诗人到西湖吟诗去了，某文豪在做五十万字的小说了，但直到现在，除了并未预告的一部《子夜》而外，别的大作都没有出现。

拾些琐事，做本随笔的是有的；改首古文，算是自作的是有的。讲一通昏话，称为评论；编几张期刊，暗捧自己的是有的。收罗猥谈，写成下作；聚集旧文，印作评传的是有的。甚至于翻些外国文坛消息，就成为世界文学史家；凑一本文学家辞典，连自己也塞在里面，就成为世界的文人的也有。然而，现在到底也都是中国的金字招牌的"文人"。

文人不免无文，武人也一样不武。说是"枕戈待旦"的，到夜还没有动身，说是"誓死抵抗"的，看见一百多个敌兵就逃走了。只是通电宣言之类，却大做其骈体，"文"得异乎寻常。"偃武修文"，古有明训，文星全照到营子里去了。

于是我们的"文人"，就只好不舐嘴唇，不搔头发，揣摩人情，单落得一个"有行"完事。

一九三三年三月二十八日

附：

备考：恶癖

若　谷

"文人无行"久为一般人所诟病。

所谓"无行"，并不一定是不规则或不道德的行为，凡一切不近人情的恶劣行为，也都包括在内。

只要是人，谁都容易沾染不良的习惯，特别是文人，因为专心文字著作的缘故，在日常生活方面，自然免不了有怪异的举动，而且，或者也因为工作劳苦的缘故，十人中九人是染着不良嗜好，最普通的，是喜欢服用刺激神经的兴奋剂，卷烟与咖啡，是成为现代文人流行的嗜好品了。

现代的日本文人，除了抽烟喝咖啡之外，各人都犯着各样的怪奇恶癖。前田河广一郎爱酒若命，醉后呶鸣不休；谷崎润一郎爱闻女人的体臭和尝女人的痰涕；今东光喜欢自炫学问宣传自己；金子洋文喜舐嘴唇；细田源吉喜作猥谈，朝食后熟睡二小时；宫地嘉六爱用指爪搔头发；宇野浩二醺醉后侮慢侍妓；林房雄有奸通癖；山本有三乘电车时喜横膝斜坐；胜本清一郎谈话时喜用拇指挖鼻孔。形形色色，不胜枚举。

日本现代文人所犯的恶癖，正和中国旧时文人辜鸿鸣喜闻女人金莲同样的可厌，我要求现代中国有为的青年，不但是文人，都要保持着健全的精神，切勿借了"文人无行"的幌子，再犯着和日本文人同样可诟病的恶癖。

一九三三年三月九日
《大晚报》副刊《辣椒与橄榄》

风凉话：第四种人

周木斋

《文人无文》一文，论中国的文人，有云：

"'不近人情'的并不是'文人无行'，而是'文人无文'。拾些琐事，做本随笔的是有的；改首古文，算是自作是有的。进一通昏话，称为评论；编几张期刊，暗捧自己的是有的。收罗猥谈，写成下作；聚集旧文，印作评传的是有的。甚至于翻些外国文坛消息，就成为世界文学史专家；凑一本文学家辞典，连自己也塞在里面，就成为世界的文人的也有。然而，现在到底也都是中国的金字招牌的文人。"

诚如这文所说，"这实在是对透了的"。

然而例外的是：

"直到现在，除了并未预告的一部《子夜》而外，别的大作却没有出现。"

"文"的"界说"，也可借用同文的话，"可又严紧透顶了"。

这文的动机，从开首的几句，可以知道直接是因"一种姓'大'的副刊上一位'姓×的'"关于"文人无行"的话而起的。此外，听说"何家干"就是鲁迅先生的笔名。

可是议论虽"对透"，"文"的"界说"虽"严紧透顶"，但正惟因为这样，却不提防也把自己套在里面了；纵然鲁迅先生是以"第四种人"自居的。

中国文坛的充实而又空虚，无可讳言也不必讳言。不过在矮子中间找长人，比较还是有的。我们企望先进比企图谁某总要深切些，正因熟田比荒地总要容易收获些。

以鲁迅先生的素养及过去的造就，总还不失为中国的金钢钻招牌的文人吧。但近年来又是怎样？单就他个人的发展而言，却中画了，现在不下一道罪己诏，顶倒置身事外，说些风凉话，这是"第四种人"了。名的成人！

"不近人情"的固是"文人无文"，最要紧的还是"文人不行"（"行"为动词）。"进，吾往也！"

一九三三年四月十五日

《涛声》二卷十四期

乘凉：两误一不同

这位木斋先生对我有两种误解，和我的意见有一点不同。

第一是关于"文"的界说。我的这篇杂感，是由《大晚报》副刊上的《恶癖》而来的，而那篇中所举的文人，都是小说作者。这事木斋先生明明知道，现在混而言之者，大约因为作文要紧，顾不及这些了罢，《第四种人》这题目，也实在时新得很。

第二是要我下"罪己诏"。我现在作一个无聊的声明：

何家干诚然就是鲁迅，但并没有做皇帝。不过好在这样误解的人们也并不多。

意见不同之点，是：凡有所指责时，木斋先生以自己包括在内为"风凉话"；我以自己不包括在内为"风凉话"，如身居上海，而责北平的学生应该赴难，至少是不逃难之类。

但由这一篇文章，我可实在得了很大的益处。就是：

凡有指摘社会全体的症结的文字，论者往往谓之"骂人"。先前我是很以为奇的。至今才知道一部分人们的意见，是认为这类文章，决不含自己在内，因为如果兼包自己，是应该自下罪己诏的，现在没有诏书而有攻击，足见所指责的全是别人了，于是乎谓之"骂"。且从而群起而骂之，使其人背着一切所指摘的症结，沉入深渊，而天下于是乎太平。

一九三三年七月十九日

最艺术的国家

　　我们中国的最伟大最永久，而且最普遍的"艺术"是男人扮女人。这艺术的可贵，是在于两面光，或谓之"中庸"——男人看见"扮女人"，女人看见"男人扮"。表面上是中性，骨子里当然还是男的。然而如果不扮，还成艺术么？譬如说，中国的固有文化是科举制度，外加捐班之类。当初说这太不像民权，不合时代潮流，于是扮成了中华民国。然而这民国年久失修，连招牌都已经剥落殆尽，仿佛花旦脸上的脂粉。同时，老实的民众真个要起政权来了，竟想革掉科甲出身和捐班出身的参政权。这对于民族是不忠，对于祖宗是不孝，实属反动之至。现在早已回到恢复固有文化的"时代潮流"，那能放任这种不忠不孝。因此，更不能不重新扮过一次，草案如下：第一，谁有代表国民的资格，须由考试决定。第二，考出了举人之后，再来挑选一次，此之谓选（动词）举人；而被挑选的举人，自然是被选举人了。照文法而论，这样的国民大会的选举人，应称为"选举人者"，而被选举人，应称为"被选之举人"。但是，如果不扮，还成艺术么？因此，他们得扮成宪政国家的选举的人和被选举人，虽则实质上还是秀才和举人。这草案的深意就在这里：叫民众看见是民权，而民族祖宗看见是忠孝——忠于固有科举的民族，孝于制定科举的祖宗。此外，像上海已经实现的民权，是纳税的方有权选举和被选，使偌大上海只剩四千四百六十五个大市民。这虽是捐班——有钱的为主，然而他们一定会考中举人，甚至不补考也会赐同进士出身的，因为洋大人膝下的榜样，理应遵照，何况这也并不是一面违背固有文化，一面又扮得很像宪政民权呢？此其一。

其二，一面交涉，一面抵抗：从这一方面看过去是抵抗，从那一面看过来其实是交涉。其三，一面做实业家，银行家，一面自称"小贫而已"。其四，一面日货销路复旺，一面对人说是"国货年"……诸如此类，不胜枚举，而大都是扮演得十分巧妙，两面光滑的。

呵，中国真是个最艺术的国家，最中庸的民族。

然而小百姓还要不满意，呜呼，君子之中庸，小人之反中庸也！

一九三三年三月三十日

现代史

从我有记忆的时候起，直到现在，凡我所曾经到过的地方，在空地上，常常看见有"变把戏"的，也叫作"变戏法"的。

这变戏法的，大概只有两种——

一种，是教一个猴子戴起假面，穿上衣服，耍一通刀枪；骑了羊跑几圈。还有一匹用稀粥养活，已经瘦得皮包骨头的狗熊玩一些把戏。末后是向大家要钱。

一种，是将一块石头放在空盒子里，用手巾左盖右盖，变出一只白鸽来；还有将纸塞在嘴巴里，点上火，从嘴角鼻孔里冒出烟焰。其次是向大家要钱。要了钱之后，一个人嫌少，装腔作势的不肯变了，一个人来劝他，对大家说再五个。果然有人抛钱了，于是再四个，三个……

抛足之后，戏法就又开了场。这回是将一个孩子装进小口的坛子里面去，只见一条小辫子，要他再出来，又要钱。收足之后，不知怎么一来，大人用尖刀将孩子刺死了，盖上被单，直挺挺躺着，要他活过来，又要钱。

"在家靠父母，出家靠朋友……Huazaa！Huazaa！"（用拉丁字母拼写的象声词，译音似"哗嚓"，形容撒钱的声音）变戏法的装出撒钱的手势，严肃而悲哀地说。

别的孩子，如果走近去想仔细的看，他是要骂的；再不听，他就会打。

果然有许多人 Huazaa 了。待到数目和预料得差不多，他们就捡起钱来，收拾家伙，死孩子也自己爬起来，一同走掉了。

看客们也就呆头呆脑地走散。

这空地上，暂时是沉寂了。过了些时，就又来这一套。俗语说，"戏法人人会变，各有巧妙不同。"其实是许多年间，总是这一套，也总有人看，总有人 Huazaa，不过其间必须经过沉寂的几日。

我的话说完了，意思也浅得很，不过说大家 Huazaa Huazaa一通之后，又要静儿天了，然后再来这一套。

到这里我才记得写错了题目，这真是成了"不死不活"的东西。

一九三三年四月一日

推背图

我这里所用的"推背"的意思，是说：从反面来推测未来的情形。

上月的《自由谈》里，就有一篇《正面文章反看法》，这是令人毛骨悚然的文字。因为得到这一个结论的时候，先前一定经过许多苦楚的经验，见过许多可怜的牺牲。本草家提起笔来，写道：砒霜，大毒。字不过四个，但他却确切知道了这东西曾经毒死过若干性命的了。

里巷间有一个笑话：某甲将银子三十两埋在地里面，怕人知道，就在上面竖一块木板，写道"此地无银三十两"。隔壁的阿二因此却将这掘去了，也怕人发觉，就在木板的那一面添上一句道"隔壁阿二勿曾偷"。这就是在教人"正面文章反看法"。

但我们日日所见的文章，却不能这么简单。有明说要做，其实不做的；有明说不做，其实要做的；有明说做这样，其实做那样的；有其实自己要这么做，倒说别人要这么做的；有一声不响，而其实倒做了的。然而也有说这样，竟这样的。难就在这地方。

例如近几天报章上记载着的要闻罢：

一、××军在××血战，杀敌××××人。

二、××谈话：决不与日本直接交涉，仍然不改初衷，抵抗到底。

三、芳泽来华，据云系私人事件。

四、共党联日，该伪中央已派干部××赴日接洽。

五、××××……

倘使都当反面文章看，可就太骇人了。但报上也有"莫干山路草棚船百余只大火""××××廉价只有四天了"等大概无须"推背"的记载，于是乎我们就又糊涂起来。

听说，《推背图》本是灵验的，某朝某帝怕他淆惑人心，就添了些假造的在里面，因此弄得不能预知了，必待事实证明之后，人们这才恍然大悟。

我们也只好等着看事实，幸而大概是不很久的，总出不了今年。

一九三三年四月二日

《杀错了人》异议

　　看了曹聚仁先生的一篇《杀错了人》，觉得很痛快，但往回一想，又觉得有些还不免是愤激之谈了，所以想提出几句异议——

　　袁世凯在辛亥革命之后，大杀党人，从袁世凯那方面看来，是一点没有杀错的，因为他正是一个假革命的反革命者。

　　错的是革命者受了骗，以为他真是一个筋斗，从北洋大臣变了革命家了，于是引为同调，流了大家的血，将他扶上总统的宝位去。到二次革命时，表面上好像他又是一个筋斗，从"国民公仆"变了吸血魔王似的。其实不然，他不过又显了本相。

　　于是杀，杀，杀。北京城里，连饭店客栈中，都布满了侦探；还有"军政执法处"，只见受了嫌疑而被捕的青年送进去，却从不见他们活着走出来；还有，《政府公报》上，是天天看

229

见党人脱党的广告，说是先前为友人所拉，误入该党，现在自知迷谬，从此脱离，要洗心革面地做好人了。

不久就证明了袁世凯杀人的没有杀错，他要做皇帝了。

这事情，一转眼竟已经是二十年，现在二十来岁的青年，那时还在吸奶，时光是多么飞快呵。

但是，袁世凯自己要做皇帝，为什么留下他真正对头的旧皇帝呢？这无须多议论，只要看现在的军阀混战就知道。

他们打得你死我活，好像不共戴天似的，但到后来，只要一个"下野"了，也就会客客气气的，然而对于革命者呢，即使没有打过仗，也决不肯放过一个。他们知道得很清楚。

所以我想，中国革命的闹成这模样，并不是因为他们"杀错了人"，倒是因为我们看错了人。

临末，对于"多杀中年以上的人"的主张，我也有一点异议，但因为自己早在"中年以上"了，为避免嫌疑起见，只将眼睛看着地面罢。

一九三三年四月十日

记得原稿在"客客气气的"之下，尚有"说不定在出洋的时候，还要大开欢送会"这类意思的句子，后被删去了。

一九三三年四月十二日记

附：

备考：杀错了人

曹聚仁

前日某报载某君述长春归客的谈话，说：日人在伪国已经完成"专卖鸦片"和"统一币制"的两大政策。这两件事，从前在老张小张时代，大家认为无法整理，现在他们一举手之间，办得有头有绪。所以某君叹息道：

"愚尝与东北人士论币制紊乱之害，咸以积重难返，诿为难办；何以日人一刹那间，即毕乃事？'是不为也，非不能也。'此为国人一大病根！"

岂独"病根"而已哉！中华民族的灭亡和中华民国的颠覆，也就在这肺痨病上。一个社会，一个民族，到了衰老期，什么都"积重难返"，所以非"革命"不可。

革命是社会的突变过程；在过程中，好人，坏人，与不好不坏的人，总要杀了一些。杀了一些人，并不是没有代价的：于社会起了隔离作用，旧的社会和新的社会截然分成两段，恶的势力不会传染到新的组织中来。所以革命杀人应该有标准，应该多杀中年以上的人，多杀代表旧势力的人。法国大革命的成功，即在大恐慌时期的扫荡旧势力。

可是中国每一回的革命，总是反了常态。许多青年因为参加革命运动，做了牺牲；革命进程中，旧势力一时躲开去，一些也不曾铲除掉；革命成功以后，旧势力重复涌了出来，又把青年来做牺牲品，杀了一大批。孙中山先生辛辛苦苦做了十来年革命工作，辛亥革命成功了，袁世凯拿大权，天天杀党人，甚至连十五六岁的孩子都要杀；这样的革命，不但不起隔离作用，简直替旧势力作保镖；因此民国以来，只有暮气，没有朝气，任何事业，都不必谈改革，一谈改革，必"积重难返，诿为难办"。其恶势力一直注到现在。

这种反常状态，我名之曰"杀错了人"。我常和朋友说："不流血的革命是没有的，但'流血'不可流错了人。早杀溥仪，多杀郑孝胥之流，方是邦国之大幸。若乱杀二十五岁以下的青年，倒行逆施，斵丧社会元气，就可以得'亡国灭种'的'眼前报'。"

一九三三年四月十日

《自由谈》

中国人的生命圈

"蝼蚁尚知贪生"，中国百姓向来自称"蚁民"，我为暂时保全自己的生命计，时常留心着比较安全的处所，除英雄豪杰之外，想必不至于讥笑我的罢。

不过，我对于正面的记载，是不大相信的，往往用一种另外的看法。例如罢，报上说，北平正在设备防空，我见了并不觉得可靠；但一看见载着古物的南运，却立刻感到古城的危机，并且由这古物的行踪，推测中国乐土的所在。

现在，一批一批的古物，都集中到上海来了，可见最安全的地方，到底也还是上海的租界上。

然而，房租是一定要贵起来的了。

这在"蚁民"，也是一个大打击，所以还得想想另外的地方。

想来想去，想到了一个"生命圈"。这就是说，既非"腹地"，也非"边疆"，是介乎两者之间，正如一个环子，一个圈子的所在，在这里倒或者也可以"苟延性命于×世"的。

"边疆"上是飞机抛炸弹。据日本报，说是在剿灭"兵匪"；据中国报，说是屠戮了人民，村落市廛，一片瓦砾。

"腹地"里也是飞机抛炸弹。据上海报，说是在剿灭"共匪"，他们被炸得一塌糊涂；"共匪"的报上怎么说呢，我们可不知道。但总而言之，边疆上是炸，炸，炸；腹地里也是炸，炸，炸。虽然一面是别人炸，一面是自己炸，炸手不同，而被炸则一。只有在这两者之间的，只要炸弹不要误行落下来，倒还有可免"血肉横飞"的希望，所以我名之曰"中国人的生命圈"。

再从外面炸进来，这"生命圈"便收缩而为"生命线"；再炸进来，大家便都逃进那炸好了的"腹地"里面去，这"生命圈"便完结而为"生命〇"。

其实，这预感是大家都有的，只要看这一年来，文章上不大见有"我中国地大物博，人口众多"的套话了，便是一个证据。而有一位先生，还在演说上自己说中国人是"弱小民族"哩。

但这一番话，阔人们是不以为然的，因为他们不但有飞机，还有他们的"外国"！

一九三三年四月十日

234

内　外

古人说内外有别，道理各各不同。丈夫叫"外子"，妻叫"贱内"。伤兵在医院之内，而慰劳品在医院之外，非经查明，不准接收。对外要安，对内就要攘，或者嚷。

何香凝先生叹气："当年唯恐其不起者，今日唯恐其不死。"然而死的道理也是内外不同的。

庄子曰，"哀莫大于心死，而身死次之。"次之者，两害取其轻也。所以，外面的身体要它死，而内心要它活；或者正因为那心活，所以把身体治死。此之谓治心。

治心的道理很玄妙：心固然要活，但不可过于活。心死了，就明明白白地不抵抗，结果，反而弄得大家不镇静。心过于活了，就胡思乱想，当真要闹抵抗：这种人，"绝对不能言抗日"。

为要镇静大家，心死的应该出洋，留学是到外国去治心的方法。

而心过于活的，是有罪，应该严厉处置，这才是在国内治心的方法。

何香凝先生以为"谁为罪犯是很成问题的"——这就因为她不懂得内外有别的道理。

一九三三年四月十一日

透　底

凡事彻底是好的，而"透底"就不见得高明。因为连续的向左转，结果碰见了向右转的朋友，那时候彼此点头会意，脸上会要辣辣的。要自由的人，忽然要保障复辟的自由，或者屠杀大众的自由，——透底是透底的了，却连自由的本身也漏掉了，原来只剩得一个无底洞。

譬如反对八股是极应该的。八股原是蠢笨的产物。一来是考官嫌麻烦——他们的头脑大半是阴沉木做的，——甚么代圣贤立言，甚么起承转合，文章气韵，都没有一定的标准，难以捉摸，因此，一股一股地定出来，算是合于功令的格式，用这格式来"衡文"，一眼就看得出多少轻重。二来，连应试的人也觉得又省力，又不费事了。这样的八股，无论新旧，都应当扫荡。但是，这是为着要聪明，不是要更蠢笨些。

不过要保存蠢笨的人，却有一种策略。他们说："我不行，而他和我一样。"——大家活不成，拉倒大吉！而等

"他"拉倒之后，旧的蠢笨的"我"却总是偷偷地又站起来，实在是属于蠢笨的。好比要打倒偶像，偶像急了，就指着一切活人说，"他们都像我"，于是你跑去把貌似偶像的活人，统统打倒；回来，偶像会赞赏一番，说打倒偶像而打倒"打倒"者，确是透底之至。其实，这时候更大的蠢笨，笼罩了全世界。

开口诗云子曰，这是老八股；而有人把"达尔文说，蒲力汗诺夫曰"也算做新八股。于是要知道地球是圆的，人人都要自己去环游地球一周；要制造汽机的，也要先坐在开水壶前格物……这自然透底之极。其实，从前反对卫道文学，原是说那样吃人的"道"不应该卫，而有人要透底，就说什么道也不卫；这"什么道也不卫"难道不也是一种"道"么？

所以，真正最透底的，还是下列的一个故事：

古时候一个国度里革命了，旧的政府倒下去，新的站上来。旁人说，"你这革命党，原先是反对有政府主义的，怎么自己又来做政府？"那革命党立刻拔出剑来，割下了自己的头；但是，他的身体并不倒，而变成了僵尸，直立着，喉管里吞吞吐吐地似乎是说：这主义的实现原本要等三千年之后呢。

一九三三年四月十一日

附：

来 信

家干先生：

昨阅及大作《透底》一文，有引及晚前发表《论新八股》之处，至为欣幸。惟所"譬"云云，实出误会。鄙意所谓新八股者，系指有一等文，本无充实内容，只有时髦幌子，或利用新时装包裹旧皮囊而言。因为是换汤不换药，所以"这个空虚的宇宙"，仍与"且夫天地之间"同为八股。因为是挂羊头卖狗肉，所以"达尔文说""蒲力汗诺夫说"，仍与"子曰诗云"毫无二致。故攻击不在"达尔文说""蒲力汗诺夫说"与"这个宇宙"本身（其实"子曰""诗云"，如做起一本中国文学史来，仍旧要引用，断无所谓八股之理），而在利用此而成为新八股之形式。先生所举"地球""机器"之例，"透底""卫道"之理，三尺之童，亦知其非，以此作比，殊觉曲解。

今日文坛，虽有蓬勃新气，然一切狐鼠魍魉，仍有改头换面，衣锦逍遥，如礼拜六礼拜五派等以旧货新装出现者，此种新皮毛旧骨髓之八股，未审先生是否认为应在扫除之列？

又有借时代招牌，歪曲革命学说，口念阿弥，心存菌想者，此种借他人边幅，盖自己臭脚之新八股，未审先生亦是否认为应在扫除之列？

"透底"言之，"譬如，古之皇帝，今之主席，在实质上固知大有区别，但仍有今之主席与古之皇帝一模一样者，则在某一意义上非难主席，其意自明，苟非志在捉虱，未必不能两目了然也。

予生也晚，不学无术，但虽无"彻底"之聪明，亦不致如"透底"之蠢笨，容或言而未"透"，致招误会耳。

尚望赐教到"底"，感"透"感"透"！

祝秀侠上

回　信

秀侠先生：

接到你的来信，知道你所谓新八股是礼拜五六派等流。其实礼拜五六派的病根并不全在他们的八股性。

八股无论新旧，都在扫荡之列，我是已经说过了；礼拜五六派有新八股性，其余的人也会有新八股性。例如只会"辱骂""恐吓"甚至于"判决"，而不肯具体地切实地运用科学所求得的公式，去解释每天的新的事实，新的现象，而只抄一通公式，往一切事实上乱凑，这也是一种八股。即使明明是你理直，也会弄得读者疑心你空虚，疑心你已经不能答辩，只剩得"国骂"了。

至于"歪曲革命学说"的人，用些"蒲力汗诺夫曰"等来掩盖自己的臭脚，那他们的错误难道就在他写了"蒲……曰"等等么？我们要具体地证明这些人是怎样错误，为什么错误。假使简单地把"蒲力汗诺夫曰"等等和"诗云子曰"等量齐观起来，那就一定必然地要引起误会。先生来信似乎也承认这一点。这就是我那《透底》里所以要指出的原因。

最后，我那篇文章是反对一种虚无主义的一般倾向的，你的《论新八股》之中的那一句，不过是许多例子之中的一个，这是必须解除的一个"误会"。而那文章却并不是专为这一个例子写的。

家干

"以夷制夷"

我还记得，当去年中国有许多人，一味哭诉国联的时候，日本的报纸上往往加以讥笑，说这是中国祖传的"以夷制夷"的老手段。粗粗一看，也仿佛有些像的，但是，其实不然。那时的中国的许多人，的确将国联看作"青天大老爷"，心里何尝还有一点儿"夷"字的影子。

倒相反，"青天大老爷"们却常常用着"以华制华"的方法的。

例如罢，他们所深恶的反帝国主义的"犯人"，他们自己倒是不做恶人的，只是松松爽爽地送给华人，叫你自己去杀去。他们所痛恨的腹地的"共匪"，他们自己是并不明白表示意见的，只将飞机炸弹卖给华人，叫你自己去炸去。对付下等华人的有黄帝子孙的巡捕和西崽，对付知识阶级的有高等华人的学者和博士。

我们自夸了许多日子的"大刀队"，好像是无法制伏的了，然而四月十五日的《××报》上，有一个用头号字印《我斩敌

243

二百》的题目。粗粗一看，是要令人觉得胜利的，但我们再来看一看本文罢——

（本报今日北平电）昨日喜峰口右翼，仍在滦阳城以东各地，演争夺战。敌出现大刀队千名，系新开到者，与我大刀队对抗。其刀特长，敌使用不灵活。我军挥刀砍抹，敌招架不及，连刀带臂，被我砍落者纵横满地，我军伤亡亦达二百余。……

那么，这其实是"敌斩我军二百"了，中国的文字，真是像"国步"一样，正在一天一天地艰难起来。但我要指出来的却并不在此。

我要指出来的是"大刀队"乃中国人自夸已久的特长，日本人员有击剑，大刀却非素习。现在可是"出现"了，这不必迟疑，就可决定是满洲的军队。满洲从明末以来，每年即大有直隶山东人迁居，数代之后，成为土著，则虽是满洲军队，而大多数实为华人，也决无疑义。现在已经各用了特长的大刀，在滦东相杀起来，一面是"连刀带臂，纵横满地"，一面是"伤亡亦达二百余"，开演了极显著的"以华制华"的一幕了。

至于中国的所谓手段，由我看来，有是也应该说有的，但决非"以夷制夷"，倒是想"以夷制华"。然而"夷"又哪有这么愚笨呢，却先来一套"以华制华"给你看。

这例子常见于中国的历史上，后来的史官为新朝作颂，称此辈的行为曰"为王前驱"！

近来的战报是极可诧异的，如同日同报记冷口失守云："十日以后，冷口方面之战，非常激烈，华军……顽强抵抗，故继续未曾有之大激战"，但由宫崎部队以十余兵士，作成人梯，前仆后继，"卒越过长城，因此宫崎部队牺牲二十三名之多云"。越过一个险要，而日军只死了二十三人，但已云"之多"，又称为"未曾有之大激战"，也未免有些费解。所以大刀队之战，也许并不如我所猜测。但既经写出，就姑且留下以备一说罢。

一九三三年四月十七日

附：

跳踉："以华制华"

李家作

报纸不可不看。在报上不但可以看到虔修功德如念念阿弥陀佛，选拔国士如征求飞檐走壁之类的"善"文，还可以随时长许多见识。譬如说杀人，以前只知道有斫头绞颈子，现在却知道还有吃人肉，而且还有"以夷制夷""以华制华"等等的分别。经明眼人一说，是越想越觉得不错的。

尤其是"以华制华"，那样的手段真是越想越觉得多的。原因是人太多了，华对华并不会亲热；而且为了自身的利害要坐大交椅，当然非解决别人不可。所以那"制"是，无论如何要"制"的。假如因为制人而能得到好处，或是因为制人而能讨得上头的欢心，那自然更其起劲。这心理，夷人就很善于利用，从侵略土地到卖卖肥皂，都是用的这"华人"善于"制华"的美点。然而，华人对华人，其实也很会利用这种方法，而且非常巧妙。

双方不必明言，彼此心照，各得其所；旁人看来，不露痕迹。据说那被利用的人便是哈吧狗，即走狗。但细细甄别起来，倒并不只是哈吧狗一种，另外还有一种是警犬。

做哈吧狗与做警犬，当然都是"以华制华"，但其中也不无分别。哈吧狗只能听主人吩咐，向仇人摇摇尾，狂吠几声。他知道他是什么样的身份。警犬则不然：老于世故者往往如此。他只认定自己是一个好汉，是一个权威，是一个执大义以绳天下者。在那门庭间的方寸之地上，只有他

可以彷徨彷徨，呐喊呐喊。他的威风没有人敢冒
犯，和哈吧狗比较起来，哈吧狗真是浅薄得可怜。
但何以也是"以华制华"呢？那是因为虽然老于
世故，也不免露出破绽。破绽是：他俨若嫉恶如
仇，平时蹲在地上冷眼旁观，一看到有类乎"可
杀"的情形时，就纵身向前，猛咬一口；可是，
他绝不是乱咬，他早已看得分明，凡在他寄身的
地段上的（他当然不能不有一个寄身的地方），他
绝不伤害，有了也只当不看见，以免引起"不
便"。他咬，是咬圈子外头的，尤其是，圈子外头
最碍眼的仇人。这便是勇，这便是执大义，同时，
既可显出自己的权威，又可博得主人底欢心：因
为，他所咬的，往往会是他和他东家的共同的敌
人。主人对于他所痛恨，自己是并不明白表示意
见的，只给你一些供养和地位，叫你自己去咬去。
因此有接二连三的奋勇，和吹毛求疵的找机会。
旁观者不免有点不明白，觉得这仇太深，却不知
道这正是老于世故者的做人之道，所谓向恶社会
"搏战""周旋"是也。那样的用心，真是很苦！

　　所可哀者，为了要挣扎在替天行道的大旗之
下，竟然不惜受员外府君之类的供奉，把那旗子

斜插在庄院的门楼边，暂且作个"江湖一应水碗不得骚扰"的招贴纸儿。也可见得做中国人的不容易，和"以华制华"的效劳，虽贤者亦不免焉。

一九三三年四月二十二日

《大晚报》副刊《火炬》

摇摆：过而能改

傅红蓼

孔老夫子，在从前教训着那么许多门生说："过而能改，善莫大焉！"意思是错误人人都有，只要能够回头。

我觉得孔老夫子这句话尚有未尽意处，譬如说："过而能改，善莫大焉"之后，再加上一句"知过不改，罪孽深重"，那便觉得天衣无缝了。

譬如说现在前线打得落花流水的时候，而有人觉得这种为国牺牲是残酷，是无聊，便主张不要打，而且更主张不要讲和，只说索性藏起头来，等个五十年。俗谚常有"十年生聚，十年教训"，看起来五十年的教训，大概什么都够了。凡事有了错误，才有教训，可见中国人尚还有些救药，国事弄得乌烟瘴气到如此，居然大家都恍然大觉大悟自己内部组织的三大不健全，更而发现武器的不充足。眼前须要几十个年头，来作准备。言至此，吾人对于热河一直到滦东的失守，似乎应当有些感到失得不大冤枉。因为吾党（借用）建基以至于今日，由军事而至于宪政，尚还没有人肯认过错，则现在失掉几个国土，使一些负有自信天才的国家栋梁学贯中西的名儒，居然都肯认错，所谓"过而能改，善莫大焉"，塞翁失马，又安知非福地聊以自慰，也只得闭着眼睛喊两声了，不过假使今后"知过尚不能改，罪孽的深重"，比写在讣文上，大概也更要来得使人注目了。

譬如再说，四月二十二日本刊上李家作的"以华制华"里说的警犬。警犬咬人，是蹲在地上冷眼傍观，等到有可杀的时候，便一跃上前，猛咬一口，不过，有的时候那警犬被人们提起棍子，向着当头一棒，也会把专门咬人的警犬，打得藏起头来，伸出舌头在暗地里发急。

这种发急，大概便又是所谓"过"了。因为警犬虽然野性，但有时被棍子当头一击，也会被打出自己的错误来的，于是"过而能改"的警犬，在暗地里发急时，自又便会想忏悔，假使是不大晓得改过的警犬，在暗地发急之余，还想乘机再试，这种犬，大概是"罪孽深重"的了。

中国人只晓得说过而能改，善莫大焉，可惜都忘记了底下那一句。

一九三三年四月二十六日

《大晚报》副刊《火炬》

只要几句:案语

　　以上两篇,是一星期之内,登在《大晚报》附刊《火炬》上的文章,为了我的那篇《"以夷制夷"》而发的,揭开了"以华制华"的黑幕,他们竟有如此的深恶痛嫉,莫非真是太伤了此辈的心么?

　　但是,不尽然的。大半倒因为我引以为例的《××报》其实是《大晚报》,所以使他们有这样的跳踉和摇摆。

　　然而无论怎样的跳踉和摇摆,所引的记事俱在,旧的《大晚报》也俱在,终究挣不脱这一个本已扣得紧紧的笼头。

　　此外也无须多话了,只要转载了这两篇,就已经由他们自己十足地说明了《火炬》的光明,露出了他们真实的嘴脸。

一九三三年七月十九日

言论自由的界限

看《红楼梦》，觉得贾府上是言论颇不自由的地方。焦大以奴才的身份，仗着酒醉，从主子骂起，直到别的一切奴才，说只有两个石狮子干净。结果怎样呢？结果是主子深恶，奴才痛嫉，给他塞了一嘴马粪。

其实是，焦大的骂；并非要打倒贾府，倒是要贾府好，不过说主奴如此，贾府就要弄不下去罢了。然而得到的报酬是马粪。所以这焦大，实在是贾府的屈原，假使他能做文章，我想，恐怕也会有一篇《离骚》之类。

三年前的新月社诸君子，不幸和焦大有了相类的境遇。他们引经据典，对于党国有了一点微词，虽然引的大抵是英国经典，但何尝有丝毫不利于党国的恶意，不过说："老爷，人家的衣服多么干净，您老人家的可有些儿脏，应该洗它一洗"罢了。不料"荃不察余之中情兮"，来了一嘴的马粪：国报同声致讨，连《新月》杂志也遭殃。但新月社究竟是文人学士的团体，这时就也来了一大堆引据三民主义，辨明心迹的"离骚经"。现在好了，吐出马粪，换塞甜头，有的顾问，有的教授，有的秘书，有的大学院长，言论自由，《新月》也满是所谓"为文艺的文艺"了。

这就是文人学士究竟比不识字的奴才聪明，党国究竟比贾府高明，现在究竟比乾隆时候光明：三明主义。

然而竟还有人在嚷着要求言论自由。世界上没有这许多甜头，我想，该是明白的罢，这误解，大约是在没有悟到现在的言论自由，只以能够表示主人的宽宏大度的说些"老爷，你的衣服……"为限，而还想说开去。

这是断乎不行的。前一种，是和《新月》受难时代不同，现在好像已有的了，这《自由谈》也就是一个证据，虽然有时还有几位拿着马粪，前来探头探脑的英雄。至于想说开去，那就足以破坏言论自由的保障。要知道现在虽比先前光明，但也比先前利害，一说开去，是连性命都要送掉的。即使有了言论自由的明令，也千万大意不得。这我是亲眼见过好几回的，非"卖老"也，不自觉其做奴才之君子，幸想一想而垂鉴焉。

一九三三年四月十七日

大观园的人才

早些年，大观园里的压轴戏是刘姥姥骂山门。那是要老旦出场的，老气横秋地大"放"一通，直到裤子后穿而后止。当时指着手无寸铁或者已被缴械的人大喊"杀，杀，杀！"那呼声是多么雄壮。所以它——男角扮的老婆子，也可以算得一个人才。

而今时世大不同了，手里象刀，而嘴里却需要"自由，自由，自由""开放××"云云。压轴戏要换了。

于是人才辈出，各有巧妙不同，出场的不是老旦，却是花旦了，而且这不是平常的花旦，而是海派戏广告上所说的"玩笑旦"。这是一种特殊的人物，他（她）要会媚笑，又要会撒泼，要会打情骂俏，又要会油腔滑调。总之，这是花旦而兼小丑的角色。不知道是时世造英雄（说"美人"要妥当些），还是美人儿多年阅历的结果？

美人儿而说"多年"，自然是阅人多矣的徐娘了，她早已从窑姐儿升任了老鸨婆；然而她丰韵犹存，虽在卖人，还兼自卖。自卖容易，而卖人就难些。现在不但有手无寸铁的人，而且有了……况且又遇见了太露骨的强奸。要会应付这种非常之变，就非有非常之才不可。你想想：现在的压轴戏是要似战似和，又战又和，不降不守，亦降亦守！这是多么难做的戏。没有半推半就假作娇痴的手段是做不好的。孟夫子说，"以天下与人易。"其实，能够简单地双手捧着"天下"去"与人"，倒也不为难了。问题就在于不能如此。所以要一把眼泪一把鼻涕，哭哭啼啼，而又刁声浪气地诉苦说：我不入火坑，谁入火坑。

然而娼妓说她自己落在火坑里，还是想人家去救她出来；而老鸨婆哭火坑，却未必有人相信她，何况她已经申明：她是敞开了怀抱，准备把一切人都拖进火坑的。虽然，这新鲜压轴戏的玩笑却开得不差，不是非常之才，就是挖空了心思也想不出的。

老旦进场，玩笑旦出场，大观园的人才着实不少！

一九三三年四月二十四日

文章与题目

　　一个题目，做来做去，文章是要做完的，如果再要出新花样，那就使人会觉得不是人话。然而只要一步一步地做下去，每天又有帮闲的敲边鼓，给人们听惯了，就不但做得出，而且也行得通。

　　譬如近来最主要的题目，是"安内与攘外"罢，做的也着实不少了。有说安内必先攘外的，有说安内同时攘外的，有说不攘外无以安内的，有说攘外即所以安内的，有说安内即所以攘外的，有说安内急于攘外的。

　　做到这里，文章似乎已经无可翻腾了，看起来，大约总可以算是做到了绝顶。

　　所以再要出新花样，就使人会觉得不是人话，用现在最流行的谥法来说，就是大有"汉奸"的嫌疑。为什么呢？就因为新花样的文章，只剩了"安内而不必攘外""不如迎外以安内""外就是内，本无可攘"这三种了。

　　这三种意思，做起文章来，虽然实在稀奇，但事实却有

257

的，而且不必远征晋宋，只要看看明朝就够。满洲人早在窥伺了，国内却是草菅民命，杀戮清流，做了第一种。李自成进北京了，阉人们不甘给奴子做皇帝，索性请"大清兵"来打掉他，做了第二种。至于第三种，我没有看过《清史》，不得而知，但据老例，则应说是爱新觉罗氏之先，原是轩辕黄帝第几子之苗裔，□于朔方，厚泽深仁，遂有天下，总而言之，咱们原是一家子云。

后来的史论家，自然是力斥其非的，就是现在的名人，也正痛恨流寇。但这是后来和现在的话，当时可不然，鹰犬塞途，干儿当道，魏忠贤不是活着就配享了孔庙么？他们那种办法，那时都有人来说得头头是道的。

前清末年，满人出死力以镇压革命，有"宁赠友邦，不给家奴"的口号，汉人一知道，更恨得切齿。其实汉人何尝不如此？吴三桂之请清兵入关，便是一想到自身的利害，即"人同此心"的实例了。……

一九三三年四月二十九日

附记：

原题是《安内与攘外》。

一九三三年五月五日

新　药

　　说起来就记得，诚然，自从九一八以后，再没有听到吴稚老的妙语了，相传是生了病。现在刚从南昌专电中，飞出一点声音来，却连改头换面的，也是自从九一八以后，就再没有一丝声息的民族主义文学者们，也来加以冷冷的讪笑。为什么呢？为了九一八。

　　想起来就记得，吴稚老的笔和舌，是尽过很大的任务的，清末的时候，五四的时候，北伐的时候，清党的时候，清党以后的还是闹不清白的时候。然而他现在一开口，却连躲躲闪闪的人物儿也来冷笑了。九一八以来的飞机，真也炸着了这党国的元老吴先生，或者是，炸大了一些躲躲闪闪的人物儿的小胆子。

　　九一八以后，情形就有这么不同了。

　　旧书里有过这么一个寓言，某朝某帝的时候，宫女们多数生了病，总是医不好。最后来了一个名医，开出神方道：壮汉若干名。皇帝没有法，只得照他办。若干天之后，自去察看时，宫女们果然个个神采焕发了，却另有许多瘦得不像人样的男人，拜伏在地上。皇帝吃了一惊，问这是什么呢？宫女们就嗫嚅地答道：是药渣。

照前几天报上的情形看起来，吴先生仿佛就如药渣一样，也许连狗子都要加以践踏了。然而他是聪明的，又很恬淡，决不至于不顾自己，给人家熬尽了汁水。不过因为九一八以后，情形已经不同，要有一种新药出卖是真的，对于他的冷笑，其实也就是新药的作用。

这种新药的性味，是要很激烈，而和平。譬之文章，则须先讲烈士的殉国，再叙美人的殉情；一面赞希特勒的组阁，一面颂苏联的成功；军歌唱后，来了恋歌；道德谈完，就讲妓院；因国耻日而悲杨柳，逢五一节而忆蔷薇；攻击主人的敌手，也似乎不满于它自己的主人……总而言之，先前所用的是单方，此后出卖的却是复药了。

复药虽然好像万应，但也常无一效的，医不好病，即毒不死人。不过对于误服这药的病人，却能够使他不再寻求良药，拖重了病症而至于糊里糊涂地死亡。

一九三三年四月二十九日

"多难之月"

前月底的报章上，多说五月是"多难之月"。这名目，以前是没有见过的。现在这"多难之月"已经临头了。从经过了的日子来想一想，不错，五一是"劳动节"，可以说很有些"多难"；五三是济南惨案纪念日，也当然属于"多难"之一的。但五四是新文化运动的发扬，五五是革命政府成立的佳日，为什么都包括在"难"字堆里的呢？这可真有点儿稀奇古怪！

不过只要将这"难"字，不作国民"受难"的"难"字解，而作令人"为难"的"难"字解，则一切困难，可就涣然冰释了。

时势也真改变得飞快，古之佳节，后来自不免化为难关。

先前的开会，是听大众在空地上开的，现在却要防人"乘机捣乱"了，所以只得函请代表，齐集洋楼，还要由军警维持秩序。先前的要人，虽然出来要"清道"（俗名"净街"），但还是走在地上的，现在却更要防人"谋为不轨"了，必得坐着飞机，须到出洋的时候，才能放心送给朋友。名人逛一趟古董店，先前也不算奇事情的，现在却"微服""微服"地嚷得人耳聋，只好或登名山，或入古庙，比较的免掉大惊小怪。总而言之，可靠的国之柱石，已经多在半空中，最低限度也上了高楼峻岭了，地上就只留着些可疑的百姓，实做了"下民"，且又民匪难分，一有庆吊，总不免"假名滋扰"。向来虽靠"华洋两方当局，先事严防"，没有闹过什么大乱子，然而总比平时费力的，这就令人为难，而五月也成了"多难之月"，纪念的是好是坏，日子的为戚为喜，都不在话下。

但愿世界上大事件不要增加起来；但愿中国里惨案不要再有；但愿也不再有什么政府成立；但愿也不再有伟人的生日和忌日增添。否则，日积月累，不久就会成个"多难之年"，不但华洋当局，老是为难，连我们走在地面上的小百姓，也只好永远身带"嫌疑"，奉陪戒严，呜呼哀哉，不能喘气了。

一九三三年五月五日

不负责任的坦克车

新近报上说，江西人第一次看了坦克车。自然，江西人的眼福很好。然而也有人惴惴然，唯恐又要掏腰包，报效坦克捐。我倒记起了另外一件事：有一个自称姓"张"的说过，"我是拥护言论不自由者……唯其言论不自由，才有好文章做出来，所谓冷嘲、讽刺、幽默和其他形形色色，不敢负言论责任的文体，在压迫钳制之下，都应运产生出来了。"这所谓不负责任的文体，不知道比坦克车怎样？

讽刺等类为什么是不负责任，我可不知道。然而听人议论"风凉话"怎么不行，"冷箭"怎么射死了天才，倒也多年了。既然多年，似乎就很有道理。大致是骂人不敢充好汉，胆小。其实，躲在厚厚的铁板——坦克车里面，砰砰碰碰地轰炸，是着实痛快得多，虽然也似乎并不胆大。

高等人向来就善于躲在厚厚的东西后面来杀人的。古时候有厚厚的城墙，为的要防备盗匪和流寇。现在就有钢马甲、铁甲车、坦克车。就是保障"民国"和私产的法律，也总是厚厚的一大本。甚至于自天子以至卿大夫的棺材，也比庶民的要厚些。至于脸皮的厚，也是合于古礼的。

独有下等人要这么自卫一下，就要受到"不负责任"等类的嘲笑：

"你敢出来！出来！躲在背后说风凉话不算好汉！"但是，如果你上了他的当，真的赤膊奔上前阵，像许褚似的充好汉，那他那边立刻就会给你一枪，老实不客气，然后，再学着金圣叹批《三国演义》的笔法，骂一声"谁叫你赤膊的"——活该。总之，死活都有罪。足见做人实在很难，而做坦克车要容易得多。

一九三三年五月六日

从盛宣怀说到有理的压迫

盛氏的祖宗积德很厚，他们的子孙就举行了两次"收复失地"的盛典：一次还是在袁世凯的民国政府治下，一次就在当今国民政府治下了。

民元的时候，说盛宣怀是第一名的卖国贼，将他的家产没收了。不久，似乎是二次革命之后，就发还了。那是没有什么奇怪的，因为袁世凯是"物伤其类"，他自己也是卖国贼。不是年年都在纪念五七和五九么？袁世凯签订过二十一条，卖国是有真凭实据的。

最近又在报上发现这么一段消息，大致是说："盛氏家产早已奉命归还，如苏州之留园，江阴无锡之典当等，正在办理发还手续。"这却叫我吃了一惊。打听起来，说是民国十六年国民革命军初到沪宁的时候，又没收了一次盛氏家产：那次的罪名大概是"土豪劣绅"，绅而至于"劣"，再加上卖国的旧罪，自然又该没收了。可是为什么又发还了呢？

第一，不应当疑心现在有卖国贼，因为并无真凭实据——

现在的人早就誓不签订辱国条约，他们不比盛宣怀和袁世凯。第二，现在正在募航空捐，足见政府财政并不宽裕。那么，为什么呢？

学理上研究的结果是——压迫本来有两种：一种是有理的，而且永久有理的，一种是无理的。有理的，就像逼小百姓还高利贷，交田租之类；这种压迫的"理"写在布告上："借债还钱本中外所同之定理，租田纳税乃千古不易之成规。"无理的，就是没收盛宣怀的家产等等了；这种"压迫"巨绅的手法，在当时也许有理，现在早已变成无理的了。

初初看见报上登载的《五一告工友书》上说"反抗本国资本家无理的压迫"，我也是吃了一惊的。这不是提倡阶级斗争么？后来想想也就明白了。这是说，无理的压迫要反对，有理的不在此例。至于怎样有理，看下去就懂得了，下文是说"必须刻苦耐劳，加紧生产……尤应共体时艰，力谋劳资间之真诚合作，消弭劳资间之一切纠纷"。还有说"中国工人没有外国工人那么苦"等等的。

我心上想，幸而没有大惊小怪地叫起来，天下的事情总是有道理的，一切压迫也是如此。何况对付盛宣怀等的理由虽然很少，而对付工人总不会没有的。

一九三三年五月六日

王 化

  中国的王化现在真是"光被四表格于上下"的了。溥仪的弟媳妇跟着一位厨司务，卷了三万多元逃走了。于是中国的法庭把她缉获归案，判定"交还夫家管束"。满洲国虽然"伪"，夫权是不"伪"的。

  新疆的回民闹乱子，于是派出宣慰使。

  蒙古的王公流离失所了，于是特别组织"蒙古王公救济委员会"。

  对于西藏的怀柔，是请班禅喇嘛诵经念咒。而最宽仁的王化政策，要算广西对付瑶民的办法。据《大晚报》载，这种"宽仁政策"是在三万瑶民之中杀死三千人，派了三架飞机到瑶洞里去"下蛋"，使他们"惊诧为天神天将而不战自降"。事后，还要挑选瑶民代表到外埠来观光，叫他们看看上国的文化，例如马路上，红头阿三的威武之类。

  而红头阿三说的是：勿要哗啦哗啦！

  这些久已归化的"夷狄"，近来总是"哗啦哗啦"，原因是都有些怨了。王化盛行的时候，"东面而征西夷怨，南面而征北狄怨。"这原是当然的道理。

不过我们还是东奔西走，南征北剿，决不偷懒。虽然劳苦些，但"精神上的胜利"是属于我们的。

等到"伪"满的夫权保障了，蒙古的王公救济了，喇嘛的经咒念完了，回民真的安慰了，瑶民"不战自降"了，还有什么事可以做呢？自然只有修文德以服"远人"的日本了。这时候，我们印度阿三式的责任算是尽到了。

呜呼，草野小民，生逢盛世，唯有逖听欢呼，闻风鼓舞而已！

一九三三年五月七日

这篇被新闻检查处抽掉了，没有登出。幸而既非瑶民，又居租界，得免于国货的飞机来"下蛋"，然而"勿要哗啦哗啦"却是一律的，所以连"欢呼"也不许，——然则惟有一声不响，装死救国而已！

一九三三年五月十五夜　记

天上地下

中国现在有两种炸，一种是炸进去，一种是炸进来。

炸进去之一例曰："日内除飞机往匪区轰炸外，无战事，三四两队，七日晨迄申，更番成队飞宜黄以西崇仁以南掷百二十磅弹两三百枚，凡匪足资屏蔽处炸毁几平，使匪无从休养。……"（五月十日《申报》南昌专电）

炸进来之一例曰："今晨六时，敌机炸蓟县，死民十余，又密云今遭敌轰四次，每次二架，投弹盈百，损害正详查中。……"（同日《大晚报》北平电）

应了这运会而生的，是上海小学生的买飞机，和北平小学生的挖地洞。这也是对于"非安内无以攘外"或"安内急于攘外"的题目，做出来的两股好文章。住在租界里的人们是有福的。但试闭目一想，想得广大一些，就会觉得内是官兵在天上，"共匪"和"匪化"了的百姓在地下，外是敌军在天上，没有"匪化"了的百姓在地下。"损害正详查中"，而太平之区，却造起了宝塔。释迦出世，一手指天，一手指地曰："天上地下，惟我独尊!"此之谓也。

但又试闭目一想，想得久远一些，可就遇着难题目了。假如炸进去慢，炸进来快，两种飞机遇着了，又怎么办呢？停止了"安内"，回转头来"迎头痛击"呢，还是仍然只管自己炸进去，一任他跟着炸进来，一前一后，同炸"匪区"，待到炸清了，然后再"攘"他们出去呢？……不过这只是讲笑话，事实是决不会弄到这地步的。即使弄到这地步，也没有什么难解决：外洋养病，名山拜佛，这就完结了。

一九三三年五月十六日

记得末尾的三句，原稿是："外洋养病，背脊生疮，名山上拜佛，小便里有糖，这就完结了。"

十九夜补记

保　留

这几天的报章告诉我们：新任政务整理委员会委员长黄郛的专车一到天津，即有十七岁的青年刘庚生掷一炸弹，犯人当场捕获，据供系受日人指使，遂于次日绑赴新站外枭首示众云。

清朝的变成民国，虽然已经二十二年，但宪法草案的民族民权两篇，日前这才草成，尚未颁布。上月杭州曾将西湖抢犯当众斩决，据说奔往赏鉴者有"万人空巷"之概。可见这虽与"民权篇"第一项的"提高民族地位"稍有出入，却很合于"民族篇"第二项的"发扬民族精神"。南北统一，业已八年，天津也来挂一颗小小的头颅，以示全国一致，原也不必大惊小怪的。

其次，是中国虽说"惟女子与小人为难养也"，但一有事故，除三老通电，二老宣言，九四老人题字之外，总有许多"童子爱国""佳人从军"的美谈，使壮年男儿索然无色。我们的民族，好像往往是"小时了了，大未必佳"，到得老年，才又脱尽暮气，据讣文，死的就更其了不得。则十七岁的少年而来投掷炸弹，也不是出于情理之外的。

但我要保留的，是"据供系受日人指使"这一节，因为这就是所谓卖国。二十年来，国难不息，而被大众公认为卖国者，一向全是三十以上的人，虽然他们后来依然逍遥自在。至于少年和儿童，则拼命地使尽他们稚弱的心力和体力，携着竹筒或扑满，奔走于风沙泥泞中，想于中国有些微的裨益者，真不知有若干次数了。虽然因为他们无先见之明，这些用汗血求来的金钱，大抵反以供虎狼的一舐，然而爱国之心是真诚的，卖国的事是向来没有的。

不料这一次却破例了，但我希望我们将加给他的罪名暂时保留，再来看一看事实，这事实不必待至三年，也不必待至五十年，在那挂着的头颅还未烂掉之前，就要明白了：谁是卖国者。

从我们的儿童和少年的头颅上，洗去喷来的狗血罢！

一九三三年五月十七日

这一篇和以后的三篇，都没有能够登出。

一九三三年七月十九日

再谈保留

因为讲过刘庚生的罪名，就想到开口和动笔，在现在的中国，实在也很难的，要稳当，还是不响的好。要不然，就常不免反弄到自己的头上来。

举几个例在这里——

十二年前，鲁迅作的一篇《阿 Q 正传》，大约是想暴露国民的弱点的，虽然没有说明自己是否也包含在里面。然而到得今年，有几个人就用"阿 Q"来称他自己了，这就是现世的恶报。

八九年前，正人君子们办了一种报，说反对者是拿了卢布的，所以在学界捣乱。然而过了四五年，正人又是教授，君子化为主任，靠俄款享福，听到停付，就要力争了。这虽然是现世的善报，但也总是弄到自己的头上来。

不过用笔的人，即使小心，也总不免略欠周到的。最近的例，则如各报章上，"敌"呀，"逆"呀，"伪"呀，"傀儡国"呀，用得沸反盈天。不这样写，实在也不足以表示其爱国，且将为读者所不满。谁料得到"某机关通知：御侮要重实际，逆敌一类过度刺激字面，无裨实际，后宜屏用"，而且黄委员长抵平，发表政见，竟说是"中国和战皆处被动，办法难言，国难不止一端，亟谋最后挽救"（并见十八日《大晚报》北平电）的呢？……幸而还好，报上果然只看见"日机威胁北平"之类的题目，没有"过度刺激字面"了，只是"汉奸"的字样却还有。日既非敌，汉何云奸，这似乎不能不说是一个大漏洞。好在汉人是不怕"过度刺激字面"的，就是砍下头来，挂在街头，给中外士女欣赏，也从来不会有人来说一句话。

这些处所，我们是知道说话之难的。

从清朝的文字狱以后，文人不敢做野史了，如果有谁能忘了三百年前的恐怖，只要撮取报章，存其精英，就是一部不朽的大作。但自然，也不必神经过敏，预先改称为"上国"或"天机"的。

一九三三年五月十七日

"有名无实"的反驳

新近的《战区见闻记》有这么一段记载：

> 记者适遇一排长，甫由前线调防于此，彼云，我军前在石门寨、海阳镇、秦皇岛、牛头关、柳江等处所做阵地及掩蔽部……花洋三四十万元，木材重价尚不在内……艰难缔造，原期死守，不幸冷口失陷，一令传出，即行后退，血汗金钱所合并成立之阵地，多未重用，弃若敝屣，至堪痛心；不抵抗将军下台，上峰易人，我士兵莫不额手相庆……结果心与愿背。不幸生为中国人！尤不幸生为有名无实之抗日军人！
>
> （五月十七日《申报》特约通信）

这排长的天真，正好证明未经"教训"的愚劣人民，不足与言政治。第一，他以为不抵抗将军下台，"不抵抗"就一定跟着下台了。这是不懂逻辑：将军是一个人，而不抵抗是一种主义，人可以下台，主义却可以仍旧留在台上的。第二，他以为花了三四十万大洋建筑了防御工程，就一定要死守的了（总算还好，他没有想到进攻）。这是不懂策略：防御工程原是建筑给老百姓看看的，并不是教你死守的阵地，真正的策略却是"诱敌深入"。第三，他虽然奉令后退，却敢于"痛心"。这是不懂哲学：他的心非得治一治不可！第四，他"额手称庆"，实在高兴得太快了。这是不懂命理：中国人生成是苦命的。如此痴呆的排长，难怪他连叫两个"不幸"，居然自己承认是"有名无实的抗日军人"。其实究竟是谁"有名无实"，他是始终没有懂得的。

至于比排长更下等的小兵，那不用说，他们只会"打开天窗说亮话，咱们弟兄，处于今日局势，若非对外，鲜有不哗变者"（同上通信）。这还成话么？古人说，"无敌国外患者，国恒亡。"以前我总不大懂得这是什么意思：既然连敌国都没有了，我们的国还会亡给谁呢？现在照这兵士的话就明白了，国是可以亡给"哗变者"的。

结论：要不亡国，必须多找些"敌国外患"来，更必须多多"教训"那些痛心的愚劣人民，使他们变成"有名有实"。

一九三三年五月十八日

不求甚解

文章一定要有注解，尤其是世界要人的文章。有些文学家自己做的文章还要自己来注释，觉得很麻烦。至于世界要人就不然，他们有的是秘书，或是私淑弟子，替他们来做注释的工作。然而另外有一种文章，却是注释不得的。譬如说，世界第一要人美国总统发表了"和平"宣言，据说是要禁止各国军队越出国境。但是，注释家立刻就说："至于美国之驻兵于中国，则为条约所许，故不在罗斯福总统所提议之禁止内"。（十六日路透社华盛顿电）

再看罗氏的原文："世界各国应参加一庄严而确切之不侵犯公约，及重行庄严声明其限制及减少军备之义务，并在签约各国能忠实履行其义务时，各自承允不派遣任何性质之武装军队越出国境。"要是认真注解起来，这其实是说：凡是不"确切"，不"庄严"，并不"自己承允"的国家，尽可以派遣任何性质的军队越出国境。至少，中国人且慢高兴，照这样解释，日本军队的越出国境，理由还是十足的；何况连美国自己驻在中国的军队，也早已声明是"不在此例"了。可是，这种认真的注释是叫人扫兴的。

再则，像"誓不签订辱国条约"一句经文，也早已有了不少传注。传曰："对日妥协，现在无人敢言，亦无人敢行。"这里，主要的是一个"敢"字。但是：签订条约有敢与不敢的分别，这是拿笔杆的人的事，而拿枪杆的人却用不着研究敢与不敢的为难问题——缩短防线，诱敌深入之类的策略是用不着签订的。就是拿笔杆的人也不至于只会签字，假使这样，未免太低能。所以又有一说，谓之"一面交涉"。于是乎注疏就来了："以不承认为责任者之第三者，用不合理之方法，以口头交涉……清算无益之抗日。"这是日本电通社的消息。这种泄漏天机的注解也是十分讨厌的，因此，这不会不是日本人的"造谣"。

总之，这类文章浑沌一体，最妙是不用注解，尤其是那种使人扫兴或讨厌的注解。

小时候读书讲到陶渊明的"好读书不求甚解"，先生就给我讲了，他说："不求甚解"者，就是不去看注解，而只读本文的意思。注解虽有，确有人不愿意我们去看的。

一九三三年五月十八日

国图典藏版本展示

花邊文學

魯迅

『花邊文學』

版權所有

翻印必究

一九四六年八月四版

編　　者：魯　　迅
出　版　者：魯迅紀念委員會
發　行　者：上海前進書店
經　售　處：全國各大書局
定價國幣肆百圓正

鲁迅先生名·号·笔名一览表

幼名：阿張　長庚　周樟壽　豫山

學名：周樹人

號名：豫才

家庭稱呼：大先生　老大

筆名：

魯迅　L·S　周逴　巴人　令飛

庚辰　神飛　風聲　自樹　阿二　華迅　行

索士　隼　宅音　孛孛　幹　游光　隋洛文　華圉　某生者

唐俟　何干　迅行　稚　楮冠　宴之敖者　豐之餘　洛文　旅隼　許遐　佩韋

白眉　明瑟　桃椎　敬一尊　厂家幹　虞明　白在宣　荀繼　史　隼

阿家干　遽客　余銘　元長　羅無　子荀　明繼　張祿　如

儒午　靈符　倪朔爾　欒廷石　鄧當卉　蔓子　翁　雋　史

尤剛　趙令儀　黃凱音　黃棘　白道　爾道　焉　雲　文　孟　孤

張承祿　韋十　康伯度　史賁　爾　蔓　雋　張公　沛汗

崇巽　莫士　黃凱音

常庚　苗挺　及鋒　阿法　茹朔　純曉　曉角

仲度

我的常常寫些短評，確是從投稿於『申報』的『自由談』上開頭的；集一九三三年之所作，就有了『偽自由書』和『准風月談』兩本。後來編輯者黎烈文先生真被擠風得苦，到第二年，終於被擠出了，我本也可以就此擱筆，但為了賭氣，却還是改些作法，換些筆名，託人抄寫了去投稿，新任者不能細辨，依然常常登了出來。一面又擴大了範圍，給『中華日報』的副刊『動向』，小品文半月刊『太白』之類，也間或寫幾篇同樣的文字。聚起一九三三年所寫，這些東西來，就是這一本『花邊文學』。

這一個名稱，是和我在同一營壘裏的青年戰友，換掉姓名掛在暗箭上射給我的。那立意非常巧妙：一、因為這類短評，在報上登出來的時候往往圍繞一圈花邊以示重要，使我的戰友看得頭疼；二、因為『花邊』也是銀元的別名，以見我的這些文章是為了稿費，其實並無足取。至於我們的意見不同之處，是我以為我們無須希望外國人待我們比鷄鴨優，他却以為應該待我們比鷄鴨優，我在替西洋人辯護，所以是『買辦』。那文章就附在『倒提』之下，這里不必多說。此外，倒也並無什麼可記之事。只為了一篇『玩笑只當他玩笑』，又曾引出過一封文公直先生的來信，筆伐的更嚴重了，說我是『漢奸』，現在和我的覆信都附在本文的下面。其餘的一些鬼鬼祟祟，鬽鬽閃閃的攻擊，離上

一

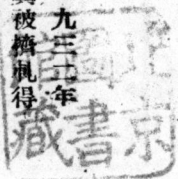

舉的兩位還差得很遠，這里都不轉載了。

『花邊文章』可以真不行。一九三三年不同一九三五年，今年是爲了『閒話皇帝』事件，官家的書報檢查處忽然不知所往，還革掉七位檢查官，且報上被刪之處，也好像可以留着空日（術語謂之『開天窗』）了。但那時可真厲害，這麼說不可以，那麼說又不成功，而且刪掉的地方，還不許留下空隙，要接起來，使作者自己來負吞吞吐吐，不知所云的責任。在這種明誅暗殺之下，能夠苟延殘喘，和讀者相見的，那麼，非奴隸文章是什麼呢？

我曾經和幾個朋友閒談。一個朋友說：現在的文章，是不會有骨氣的了，譬如向一種日報上的副刊去投稿能，副刊編輯先抽去幾根骨頭，總編輯又抽去幾根骨頭，檢查官又抽去幾根骨頭，剩下來還有什麼呢？我說：我是自己先抽去了幾根骨頭的，否則，連『剩下來』的也不剩。所以，那時發表出來的文字，有被抽四次的可能，──現在有些人不在拚命表彰文天祥方孝孺麼，幸而他們是宋明人，如果活在現在，他們的言行是誰也無從知道的。

因此除了官准的有骨氣的文章之外，讀者也只能看看沒有骨氣的文章。我生於清朝，原是奴隸出身，不同二十五歲以內的青年，一生下來就是中華民國的主子，然而他們不經世故，偶爾『忘其所以』也就大碰其釘子。我的投稿，目的是在發表的，當然不給牠見得有骨氣，所以被『花邊』所裝飾者，大約也確比青年作家的作品多，而且奇怪，被刪掉的地方倒很少。一年之中，只有三篇，現在補全，仍用黑點為記。我看『論秦理齋夫人事』的末尾，是申報館的總編輯刪的，別的兩篇，卻是檢查官刪的：這里都顯着他們不同的心思。

今年一年中，我所投稿的『自由談』和『動向』，都停刊了；『太白』也不出了。我曾經想過：凡是我寄文稿的，只寄開初的一兩期還不妨，假使連接不斷，牠就總歸活不久。於是從今年起，我就不大做這樣的短文，因為對於同人，是迴避他背後的悶棍。對於自己，是不願做開路的獃子，對於刊物，是希望牠儘可能的長生。所以有人要我投稿，我特別數延推宕，非『擺架子』也，是帶些好意——然而有時也是惡意——的『世故』：這是要請索稿者原諒的。

一面到了今年下半年，這才看見了新聞記者的『保護正當輿論』的論願和智識階級的言論自由的要求。要過年了，我不知道結果怎應樣。然而，即使從此文章都成了民衆的喉舌，那代價也可謂大極了：是北五省的自治。這恰如先前不敢懇請『保護正當輿論』和要求言論自由的代價之大一樣：是東三省的淪亡。不過這一次，換來的東西是光明的。然而，倘使萬一不幸，後來又復換回了我做『花邊文學』一樣的時代，大家試來猜一猜那代價該是什麼罷……

三